KB010027

노자가 사는 집

# 노자가 사는 집

초판 1쇄 찍은날 2020년 11월 2일
초판 1쇄 펴낸날 2020년 11월 9일

지은이 이주호 ◎ 편집 신태진 ◎ 일러스트 김한문 ◎ 발행 이수진 ◎ 펴낸곳 브릭스
주소 서울시 종로구 새문안로5가길 28 광화문플래티넘오피스텔 5층 502호 (적선동)
전화 02-465-4352 │ 팩스 02-734-4352
이메일 admin@bricksmagazine.co.kr ◎ 홈페이지 bricksmagazine.co.kr
페이스북 facebook.com/magazinebricks ◎ 인스타그램 @bricksmagazine
브런치 brunch.co.kr/@magazinebricks

책값은 뒤표지에 있습니다.
ISBN 979-11-90093-12-5 03810

이 도서의 국립중앙도서관 출판예정도서목록(CIP)은 서지정보유통지원시스템 홈페이지
(http://seoji.nl.go.kr)와 국가자료종합목록 구축시스템(http://kolis-net.nl.go.kr)에서
이용하실 수 있습니다. (CIP제어번호 : CIP2020044924)

이주호 지음
브릭스,

# 노자가 사는 집

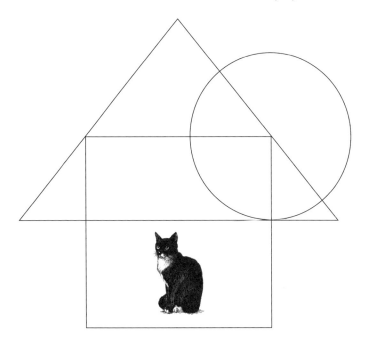

5년째 읽고 있는 책 〈도덕경〉의 저자 노자는 매일매일의 내 구체적 행동에서 삶의 목적을 찾으라고 한다. 하지만 2년째 나와 함께 살고 있는 고양이 노자는 내 행동들이 하나 같이 좁고 하찮고 신경질적이라고 한다. 그래 알겠어, 내가 하는 행동들로 내 삶의 목적을 찾다 보면, 내 인생 너무 남루해진다는 거지? 이래저래, 주저주저 세상을 살고 있다. 꿈과 희망의 번듯한 시선에서 보면 영락없이 부랑자다. 덕분에 깊고 질척한 세상에 발목도 담그지 못하고 마흔 해를 살았다. 하찮으나 자유로운 삶이었다. 불행인지 다행인지 노자와 노자가 내 발 앞에 놓인 구속의 먼지를 쓸어주고 있어 이 삶, 당분간은 지속될 듯하다.

그래서 책 제목이 〈노자가 사는 집〉이다. 노자의 말을 곱씹으며 노자의 밥그릇을 채우며, 좁고 하찮은 내 마음 길을 살펴 걷는 이야기다.

매사 주저주저 머뭇거리나 마음만은 세상 얽매이기 싫어하는, 굽은 나무 같은 사람들과 푸념의 문자 메시지를 주고받는 장면을 그려보며, 또, 책 한 권을 쓰고 말았다.

차 ——— 레

〈도덕경〉63장

위무위爲無爲 사무사事無事 미무미味無味

: 무위를 행하고, 일이 없는 것으로 일을 삼고,

맛이 없는 것으로 참맛을 삼는다.

# 달팽이 구조대 수칙:
# 너는 세상을 달팽이만큼도 모른다

박찬호, 김병현 선수가 등판하는 날에는 학교를 가지 않겠다는 말도 공식적인 합의에 이를 만큼 쓸데없이 민주적인 가정이었다. 그리하여 민주주의의 산실 그리스로 가서 공부해 보겠다는 생각이 싹 튼 건 아니었다. 유학은커녕 여권이 뭔지도 모르던 시절이었다. 스무 살을 생각하면, 아침 일찍 헬스장에서 근육을 만들고, 두어 시간 농구를 하고, 11시에 메이저리그 야구를 보고, 늦은 오후 스케이트보드를 타고 비디오 대여점으로 가서 두세 편의 영화를 빌리고……, 우선 그것만 기억하고 싶다. 대학생이 되었지만 내가 원하던 대학은 아니었다. 한 달 넘게 애써 보았지만 대학교도 그렇고 대학생으로서의 삶도 영

몸에 붙지 않았다.

그래도 대학생이 되었다는 지적 충동은 어쩔 수 없어 비디오가게에 가면 한 시간 가까이 서성대며 오래되고 어려워 보이는, 세간에 심오하다는 평들이 떠도는 영화를 꼭 한 편씩 끼워 넣었다. 테오 앙겔로풀로스 감독의 〈안개 속의 풍경〉, 〈율리시즈의 시선〉, 타르코프스키 감독의 〈희생〉, 레오 카락스 감독의 〈나쁜 피〉. 내가 속절없이 잠들었던 영화들이다. 〈베니와 준〉, 〈길버트 그레이프〉 같은 조니 뎁의 청춘영화 아니면 성룡, 주성치의 액션 코미디. 그 정도가 내가 감당할 수 있는 예술성의 깊이였다. 영화를 보다 보다 눈이 침침해진 밤이면 이어폰을 꽂고 동네를 어슬렁거렸다. 음, 내일도 학교 가긴 글렀군, 보통은 그런 아침 계획을 세우며 하루를 마쳤다.

어쩌다 활기찬 학구열로 지하철에 오르면 고심 끝에 원래 내려야 할 회기역을 지나쳐 종로3가에서 내렸다. 서울극장, 시네코아, 중앙극장, YBM 지하 레코드 매장이 바야흐로 내 청춘의 상아탑이었다. 고등 국어와 별반 다르지 않은 '군담 소설이란 무엇인가?' '비유와 상징을 비교해서 쓰시오.' 같은 수업은 견딜 수가 없었다기보다 외울 수가 없었다. 암기해야 할 용어들은 뇌의 표면만 겉돌다 사라졌다. 학교 선배들과 술을 마시게 되는 때도 더러 있었지만 운동권도, 운동을 해야 할 목적도 뚜렷하지 않은 시대의 추억형 '민주 열사'들의 비민주적인 음주 문화와 번번이 마찰이 빚어지다 급기야 '빠진 놈'이란 낙인이 찍힌 채 단체 밖으로 밀려 났다. "선배가 시키는데"가 접두어인 사람들이 세미나를 한다며 크리스테바, 지젝 같은 책들을 끼고 다니는 걸 보면, 아침마다 실제로 운동을 하는 사람으로서 근육이 붙지 않는 그들의 운동 성향을 전혀 존중해 주고 싶지 않았다. 전원 합의체로 일과를 결정하는 민주 가정의 일원답게 서열화된 과두체제에서 멀찍이 떨어져 있는 것으로 언어적 린치와 물리적 실랑이를 피했다.

군포를 마련하지 못해 몸소 군역을 마치고 다시 학교로 돌아갈 시점이 되자 이 학업을 지속할지 고심하게 되었다. 그래, 정말로 민주의 발상지 그리스에 가보는 거다. 그곳은 심지어 올림픽 성화가 오르는 곳, 운동회의 발상지. 가서 근육도 한껏 키워 보리라. 말을 꺼내자마자 민주 가정은 내가 처음부터 그리스 국적자였어도 좋았을 거라며 만장일치로 결의해 주었다. 그러나 그 합의의 단초는 철학, 민주가 아니라 기독교였다. 교회 목사에게서 한국에 그리스어 성경에 능통한 사람이 드물다는 말을 들은 엄마의 머릿속에선 아들을 그리스 유학파 목사로 만들어 큰 교회를 세우고 돈을 많이 벌겠다는 원대한 계획이 착착 진행되고 있었다.

그리스라는 말이 열렬한 희구로 자리 잡아 갔던 건 플라톤, 소포클레스, 테오 앙겔로풀로스가 아닌 니코스 카잔차키스의 소설 〈그리스인 조르바〉 때문이었다. 민주 가정의 계획 밖에서 나는 무신론자 조르바와 크레테섬에서의 방탕한 삶을 상상했고, 동경했다. 마음은 어느새 〈그리스도 최후의 유혹〉에서 유다가 진 짐, 예수의 사역을 완성하기 위해 영원한 배신자로 기억되는 저주스런 영광에 사로잡혀 있었다. 그래도 그리스인데, 하는 마음에 간간이 플라톤에 관한 책들을 사 모으긴 했으나 읽을 수 있는 지능은 좀체 갖춰지지 않았다. 개중 읽을 만했던 건 윌 듀런트, 윌리엄 사하키안, 코플스톤 신부의 서양 철학 개론서였는데, 그것들 역시 딱 중세 이전까지가 한계였다.

스물넷 초여름. 그리스 대사관에 가서 국립 아테네 대학교 유학 상담을 받았다. 그들이 알려준 대로 서류를 추슬러 영어 번역본을 만들고 공증을 받은 뒤 국립 아테네 대학으로 DHL을 보냈다. 그 다음 순서는 아파트 공사장, 결혼식 뷔페, 호프집, 초중등 보습학원 아르바이트였다. 낮이고 밤이고, 주말도 없이 진격하듯 일했다. 아등바등 6개월이 지나자 유학자금으로 모인 돈이라고는 고작 비행기 값 정도였다. 열정을 다해 일한 만큼 다시 열정을 채우기 위한 열정적인 소비가 잇따랐던 것이다. 20대를 하염없이 즐겼으니 즐거운 마음으로 비행기 표를 사고, 친구들을 집으로 불러 이제 내게 필요 없게 되리라 장담한 음반, 겨울옷, 책들을 미련 없이 방출했다.

아테네에 도착한 건 합격자 발표가 난다는 9월 초. 태국에서 무려 10시간을 경유하는 싼 비행기를 타고 24시간 만에 아테네 공항에 도착했다. 멀리서 Immigration 푯말을 바라보며 세관원과 보안요원에 둘러싸여 불법 이민자 취급을 받기도 하고, 그 와중에 뚱뚱한 조르바가 파리 잡는 시늉을 하며 파리채로 내 어깨를 내리치기도 했으나, 한 시간 뒤엔 별 탈 없이 다리 긴 형들이 반바지에 하얀 양말을 신고 근무 교대식을 하는 신타그마 광장에 서서 지중해의 매연을 만끽했다.

미리 약속된 한인 민박집에서 점심을 먹고, 아테네 버스 이용 설명을 듣고, 차를 마시고, 꿀 섞은 요거트를 먹고, 토마토와 감자를 먹으며 민박집 주인이 한국을 떠나 그리스에 정착하기까지의 이야기를 듣고 나니 어디 간 데 없이 하루가 저물었다. 다음 날도, 그 다음 날도, 아크로폴리스, 아고라에 조바심 내지 않고 민박집 주인과 함께 한인 단체 관광객들이 주문한 김밥을 말며 정착민의 삶에 근접해 갔다.

민박집 주인은 내가 대학 합격 소식을 기다리고 있다고 생각했을 것이다. 그러나 합격했다면 개별적으로 메일을 받았을 거라는 매우 상식적이고 현대적인 절차를 무시하고 아카데미아의 소요 철학자를 꿈꿀 만큼 희망찬 철부지는 아니었다. 며칠 뒤 민박집 주인이 그 해의 아테네 대학 합격자 명단을 확인했다는 말을 꺼냈을 때, 처음부터 유학 의지가 없었던 건 아닐까 의심스럽기도 했다. 한국인 학생의 이름은 없더군요. 혹시나 해서 외국 학생들 이름도 다 확인해 봤는데, 올해는 외국 학생을 뽑지 않은 듯해요.

나는 어쩐지 안심이 되어 그날부터 아침마다 아테네의 중심 신타그마 광장과 아테네 대학 입구 니코스 카잔차키스의 동상 앞을 서성이며, 뭐 안타깝게 됐습니다, 인연이 아닌가 보네요, 프레즐을 씹고 커피를 마셨다. 그러고는 길을 건너 플라카 지구를 왔다갔다하며 기념품 가게들을 기웃거리고, 올림픽 스타디움에 누워 졸기도 하다가, 또 어떤 날에는 아크로폴리스에 올라가 관광객들이 교체되는 주기를 오랫동안 바라보았다. 날이 좋을 때는 종일 글리파다 해변에 앉아 발을 적시고 남의 요트를 구경했다. 이곳에서 살게 될지도 모른다는 빈약한 기대가 날아가자 오히려 홀연 자유로운 마음이 되어 지중해의 자외선을 탐닉했다. 관광객을 상대로 술에 약을 타 돈을 빼앗는 일당이 기승이라는 주의를 많이 들었지만 그것도 사는 재미 아니겠나, 맥주를 마시고 우조를 마시고 아무 벤치에나 퍼질러 앉았다.

아테네 시내버스 노선이 식상해지자 활동반경을 비약적으로 확장해 신약 성서에 나오는 테살로니키, 절벽 위에 수도원이 있는 메테오라, 포세이돈이 바다를 굽어보는 수니온, 이름이 기억나지 않는 이런저런 도시들을 옮겨 다녔다. 한국 기업이 실내 장식을 했다는 크루즈를 타고 낙소스, 미코노스, 산토리니섬에도 갔다. 산토리니에선 방 네 개 있는 하얀 집을 하루 2만 원에 빌려 산토리니 와인을 잔뜩 사다 놓고 생애 처음 와인을 마셨다. 레드 비치, 화이트 비치, 지중해에 머리를 적시고서 백인 할머니 할아버지 단체관광객이 오면 사진을 찍어주고, 팔짱을 끼고 같이 사진을 찍으며 귀여움을 받기도 했다. 산토리니를 떠나기 전에는 동네 사람들이 완벽하게 민주적인 합의를 거쳐 '브루스 리'라는 이름을 붙여 주었다.

아테네를 제외하고 가장 오래 머문 곳은 소크라테스가 '아테네에서 가장 현명한 사람'이라는 신탁이 내려졌다는 델피였다. 너무 작은 마을이라 할 만한 일은 도착하고 두 시간도 안 돼 다 해 버렸다. 카페나 맥주집도 몇 되지 않았고, 두 번째로 가면 다들 왜 또 왔지 하는 표정이었다. 혹시나 벼락같은 신탁이 내려지지나 않을까 기대하면서 계획보다 오래 그곳에 머문 것은 아니었다. 고대 그리스 사람들이 운동을 하거나 연극을 했을 경기장에서 조깅을 하고 폐허가 된 신전에 앉아 새로 오는 관광객들을 구경하고 있으면 2500년을 거슬러 올라 신탁을 얻으러 온 그리스 사람이 된 듯싶기도 했고, 그래서 듣게 된 신탁이 내가 목격하는 2000년대의 삶 같다는 생각도 들었다. 세기와 세기는 아무런 맥락도 없는 거였다. 세계의 배꼽, 옴파로스 돌이 있는 고고학 박물관도 아침마다 찾아가는 곳이었다. 그곳은 원래 사진을 찍으면 안 되는 곳이지만, 하도 사람이 없어 박물관 직원과 기념사진을 찍기도 했다.

저녁 무렵 도로가 축축해질 때면 '정규'로 해야 할 일이 있었다. 무심코 걷다 보면 세 발자국에 한 번 꼴로 발밑에 달팽이들이 으스러졌다. 달팽이들을 조심스레 살펴 길가 나뭇잎에 올려주는 사명감에 차 천천히, 매우 천천히 숙소로 돌아갔다. 달팽이 전부를 구조할 생각은 없었다. 그래 봤자 곧장 나무를 기어내려 와 지나는 차, 당나귀, 사람 발길에 으스러질 테니까. 달팽이 구조대로서의 사명감은 살리는 게 아니라 죽이지 않는 쪽에 있었다.

처음 델피로 가자 생각했던 건 소크라테스 때문이었다. 그의 자취는 오직 아테네에 있겠지만, 소크라테스가 삶과 죽음을 선택했던 기준이 이곳에 있었다. 소크라테스가 태어난 건 기원전 469년 정도로 추정되며, 사망한 해는 399년이라고 정확한 기록이 남아 있다. 그의 아버지 소프로니스쿠스는 석공이었다. 귀족은 아니지만 여기저기서 수없이 돌을 쪼던 시절이라 꽤나 넉넉한 가정이었다고, 많은 고고학자들이 그렇게 기록하고 있다. 소크라테스는 여섯 살 되던 해 아테네 아이들이 받는 정규 학교에 들어갔지만 학교를 마치면 아버지 밑에서 석공 일을 거들어야 했다. 그러다 열세 살 무렵 학교를 그만 두고 본격적으로 가업 전수의 길로 들어섰다. 그러나 그 방면에는 영 재능도 취미도 없었을 거라, 역시나 추정된다. 아버지가 죽자마자 아버지의 작업장을 팔아넘겼기 때문이다. 그 돈으로 넉넉한 생활을 할 순 없었지만, 그래도 평생 수익의 압박 없이 살았다.

아테네 최전성기 페리클레스 시대에 20대를 보내던 소크라테스에게 아테네는 세상의 중심이었다. 지중해에 면해 있는 나라들에서 온갖 예술가, 학자, 기술자 들이 인류 역사상 최고의 민주주의 국가 아테네로 몰려왔고, 아테네는 실로 살아 움직이는 백과사전이었다. 전쟁에 끌려 나가고, 잔치에 초대돼 밤새워 먹고 마시고, 남자아이를 귀여워하는 분주한 중에도 소크라테스는 틈만 나면 세간의 지혜롭다는 사람들을 찾아다녔다. 당신이 정말 지혜로운 사람인가? 그럼 내게 알려 달라. 영혼이 무엇인지. 사랑이란 무엇인지. 정의란, 명예란, 애국이란,

덕이란? 지혜를 사랑하는 자들마다 소크라테스의 질문을 받았다. 그들은 대답했고, 또 대답했고, 자신의 대답 안에서 모순에 빠졌다. 소크라테스가 훑고 지나간 자리엔 백과사전 한 대목이 뭉텅 찢겨나갔다. 무지의 함정에 떨어진 사람들은 당연히 소크라테스를 증오했다.

그가 이런 공격적인 지적 여정에 나서게 된 건 제자 카레이폰이 델피의 무녀에게 들었다는 신의 말씀 때문이었다. 델피 아폴론 신전의 무녀에게 카레이폰이 물었다. 아테네에서 소크라테스보다 지혜로운 사람이 있습니까? "없다." 그것이 신의 말씀이었다. 소크라테스는 정말로 자신이 아테네에서 가장 지혜로운 사람인지 직접 확인해 봐야 했다. 자신의 지혜를 증명하고 싶어서가 아니라 자신에게 무슨 지혜가 있다는 것인지 도통 모르겠어서였다. 그는 지혜 있다는 사람들을 찾아가 신탁이 틀렸다는 것을 확인하고 싶었다. 애석한 건지 다행인 건지, 그는 사람들이 자신이 하고 있는 말에 관해 별로 아는 바가 없다는 걸 간파했다. 그들은 안다고 말했고, 그 말 안에서 자신이 모른다는 사실을 논증해 갔다.

무지에서 무지로 이어지는 징검다리를 딛는 여정 끝에 신탁이 내렸다는 델피가 있었는지, 그래서 소크라테스가 몸소 델피로 와서 신탁을 구했는지는 알 수 없다. 아테네에서 120km

정도 떨어진 파르나소스산 정상 부근. 내가 세 시간 넘게 버스를 탔으니, 그가 이곳에 왔다면 아마 일주일 넘게 걸었을 것이다. 델피의 아폴로 신전은 여러 도시 국가 사람들이 신의 조언을 듣고자 찾아오는 곳이었다. 전쟁을 해도 되는지 하는 국가적인 일부터 사사로운 일까지 아폴론 신의 대리인 '피티아'라는 여자 무당에게 물으면 무녀가 신의 말을 대신 전해주었다. 신탁에는 물론 대가가 따랐다. 신의 말씀을 한마디라도 들으려면 제사상을 차리든 현금을 내밀든 복채가 있어야 했다. 훗날 소크라테스는 이렇게 말했다고 한다. "너 자신을 알라." 이 말은 아폴론 신전에 새겨진 여러 경구 중 하나라고도 하고, 솔론이란 사람이 한 말이라고도 한다. 설령 소크라테스가 직접 이곳에 왔었다 해도 원체 주지도, 받지도 않는 사람이다 보니 무녀에게 돈까지 줘 가며 신의 말씀을 듣진 않았을 것이다. 그가 '너 자신을 알라'라는 말을 델피에서 직접 확인했던 거라면 아마도 신전 기둥과 벽에 새겨진 말 중 하나에서 골라잡지 않았을까. 여기 새겨진 말 전부가 신의 말씀인데 안 좋은 말씀이 어디 있겠나. 어디 보자, 너 자신을 알라? 오, 좋다. 집에 가자.

　너 자신을 알라는 말이 소크라테스의 입에서 나왔을 때, 그게 어떤 맥락에서 나온 말인지는 확실히 알 수 없다. 여러 해석들이 있지만, 나대로는 "나는 아는 게 없다, 내가 아무것도 모른다는 사실 말고는"이란 소크라테스의 다른 말로 바꿔 받아들이고 있다. 물론 그 문장 역시 내 마음에 와 닿기까지는 다시 서술어 '알다'가 '알아 간다', '알아야 한다'로 바뀌는 과정을 거쳐야 했다.

나는 내가 아무것도 모른다는 사실을 '알아야 한다.'

내가 어느 정도로 모르고 있었는가 하면, 델피를 떠날 때까지 그 문구가 어디에 새겨져 있는지 찾지 못했다. 그때 찍은 사진 앨범을 다시 뒤적이던 훗날에도 어떤 게 아폴론 신전이고 어떤 게 아테네 신전인지 구분을 못했다. 구별이 되는 폐허는 내가 뜀박질을 하던 야외극장뿐인데, 그 역시도 배우들이 경연을 하던 곳인지, 잡혀온 노예가 호랑이와 뜀박질을 하던 곳인지 알지 못한다. 그때도, 훗날도, 지금도 내 인생 무지는 이토록 일목요연하다.

아테네 젊은이들에게 열렬한 지지를 받았으나 기원전 399년 소크라테스는 그 유명한 독배를 마시고 죽었다. 멜레투스라는 사람이 그를 무신론자에, 청년들을 타락시킨다는 죄목으로 고소했을 때 소크라테스나 그의 친구들은 심각한 일이라 여기지 않았다. 멜레, 뭐? 멜레투스가 뭐하는 놈이야? 그러나 그 희박한 존재감 뒤에 정치가 아니투스가 있다는 사실을 알았을 때 그들뿐 아니라 아테네 사람들 전부가 아하, 탄식하고 말았다. 소크라테스가 궁지에 몰렸구나. 스파르타와 27년에 걸친 전쟁에서 패하고 30인으로 구성된 친 스파르타 독재 정부가 아테네를 지배하게 되었을 때, 아니투스는 이들과 맞서 싸워 민주주의를 되찾은 공신이었다. 그는 소크라테스를 싫어했다. 민주인사들이 목숨을 걸고 내전을 벌이는 동안 소크라테스는 아무런 참여도, 저항도 하지 않았고, 심지어 30인 독재정권 일원으로 악명을 떨친 크리티아스라는 인물이 소크라테스의 옛 제자였다. 501명의 배심원이 구성되었고, 재판은 하루에 끝난다. 고소인이 원하는 형량은 사형. 만약 소크라테스가 재판에서 패배하면 사형을 당하고, 승소하면 멜레투스에게 벌금이 부과된다.

이제 소크라테스의 변론.


도대체 신은 무슨 말씀을 하신 걸까. 나는 신의 말씀이 진짜인지 알기 위해 지혜로운 자들을 찾아다녔다. 누군가 나보다 지혜로운 사람이 있다면 신탁이 틀린 것이므로 나는 내게 부과된 그 무거운 신탁에서 자유로울 수 있다. 지혜롭다 정평이 나 있는 사람들은 다들 스스로도 지혜롭다고 생각했다. 하지만 나는 곧 그들이 지혜롭지 않다는 걸 알게 되었다. 이 사람들이 모르면서도 알고 있다고 우기는구나. 이들과 달리 나는 내가 모른다는 사실만큼은 안다. 이 점에선 확실히 내가 그들보다 지혜롭다. 내가 사람들의 미움을 사게 된 이유가 바로 이 때문이다. 나는 신의 명령으로 철학을 하였고, 나 자신과 남을 검토하며 살았다. 이제와 죽음이 두려워 내가 지킬 것을 버리고자 한다면 이것이야말로 무신론자의 행동이 되고 말 것이다.

유죄 280표, 무죄 220표. 감형을 위한 소크라테스의 재차 변론.

결과가 이렇게 나오리라는 것을 나는 짐작하고 있었다. 그러나 내게 적합한 평가는 사형이 아니라 국가적인 대접이다. 나는 사람들에게 나쁜 짓을 하지 않았다. 추방으로 감형해 달라고 해서 목숨을 부지하지 않을 것이다. 내 친구들이 벌금을 내 준다 하므로 그 정도로 타협하는 게 좋을 것 같다. 그건 나를 위해서가 아니라 당신들을 위해서다. 내가 죽게 되면 나를 죽인 사람들은 세세토록 악명을 얻을 것이다. 내가 소송에서 진 것은 변론이 부족해서가 아니라 뻔뻔하지 않아서였다. 이제 떠날 때가 되었다. 나는 죽으러 가고, 당신들은 살러 간다. 그러나 우리들 중 어느 쪽이 더 좋은 곳으로 가는지, 신을 제외하고는 아무도 모른다.

그가 직접 남긴 기록이 없는 바람에 그의 죽음을 역사적으로, 철학적으로 해석하는 책이 세기마다 베스트셀러가 되어 왔다. 그가 그리스의 신을 믿지 않았고 젊은이를 선동했다는 죄목을 반박하는 내용부터, 플라톤과 소크라테스는 사상이 달랐다는 증명, 다수의 찬성으로 '진실'이 결정될 수 있겠냐는 보편적 민주주의에 대한 거부, '악법도 법이다'라는 소크라테스가 실제 하지도 않은 말을 만들어 내어 전제정권의 악법을 옹호하려던 악의적 시도까지. 민주의 가치와 소크라테스의 유산이 쓰이는 방향은 해석하고 받아들이기 나름이었다.

나는 '너 자신을 알라' 문구를 되새겨 줄 가르침 없이, 앞으로 나의 삶이 어떻게 되리라는 신탁 없이 아테네로 돌아 왔다. 지루하고 긴 늦여름이 지나가고 서늘한 가을바람이 불었다. 민박집에 남겨 둔 짐을 찾고, 주인이 선물해 준 1리터 올리브오일 깡통 세 개를 배낭에 넣고 다리를 휘청이며 이탈리아로 가는 배를 탔다. 로마로 이어진 그리스의 유산을 확인하고 싶어서가 아니라 로마에서 일하고 있던 누나를 만나 여비를 구걸해야 했기 때문이다.

누나에게 받은 돈으로 리바이스 코듀로이 점퍼와 청바지를 사 입고 유럽 여러 도시를 거쳐 파리로 갔다. 마음에 품고 있던 니케 여신상을 몇 날 며칠 보고 또 보다가 이제 스페인으로 가 볼까 계획을 세웠지만, 중국인 상점에서 사 온 한국 라면을 끓여 먹고 배탈이 나서 이틀간 사경을 헤맸다. 여행할 의욕이 사라졌다. 여길 가나 저길 가나 다 낯선 도시, 지나치고 나면 무엇이 남는 걸까. 돌아가 나의 삶을 살아야겠다. 가장 빠른 비행기를 잡아타고 집으로 돌아왔다. 민주 가정은 나의 귀가를 마치 엊저녁 정동진 일출을 보러 갔다 돌아온 듯 받아들였고, 나의 20대는 그렇게 진전 없고 맥락 없이 가버렸다. 연관성 없는 직업들로 생계를 이으며 휴학과 복학, 퇴학과 재입학 끝에 서른 다 되어 대학을 졸업했다. 교문 앞 횟집에서 조교 형에게 졸업장을 받을 때까지도 교문과는 내내 데면데면했다.

학교를 졸업하고 미래 타개책 삼아 잡지, 단행본 출간 같은 거대한 출사표를 던져보기도 했지만, 뭐든 다 잘 되지 않았다. 잘 되지 않으리라 미리 단정하고 있었기에 절망을 내보이지 않으려, 조급해 보이지 않으려, 여유로운 표정과 다정한 말투를 가장하고 다녔다. 그래 봤자 좌절과 자격지심은 번번이

누적됐고, 나를 매우 공격적인 인간으로 만들어갔다. 수시로 공격성이 드러나 벌금과 합의금으로 몇 달치 월급을 날리기도 했다. 내 마음 돌이킬 수 없는 건가? 한낮의 스케이트보드를 타고 비디오테이프를 빌리러 가는 여유로운 마음을 되돌릴 순 없는 건가? 악착같이 여유를 추구하며 불교 서적을 읽고, 명상을 하고, 〈도덕경〉도 읽게 되었다. 몇 년 전에는 오로지 '유유자적'이란 주제만으로 책 한 권을 써 보기도 했다. 그러나 내 마음, 아직 3층에 멈춰선 엘리베이터를 기다리고 있는 18층 입주민이다.

처음 〈도덕경〉을 읽기 시작한 건 이사로 인한 스트레스로 심장 부정맥이 생기고 난 직후였다. 나는 부정맥의 이유를 그렇게 생각했지만, 병원에서는 지나친 음주 때문이라고 했다. 스트레스, 압박, 자책으로 맥주를 마셨으니 둘 다 틀린 말은 아니라고, 의사 당신들이 나보다 더 지혜로웠던 건 아니라고 말해 주고 싶다. 마음이 편하고 싶다는 바람은 진척이 느렸다. 무엇보다 나의 낮은 지능이 한 장, 한 장 나의 육체를 끌고 가며 비명을 질렀다. 교회나 성당에 가서 지혜로운 자의 말을 들으면, 기도를 하면, 한자를 외우고 해석하는 이 무지막지하게 버거운 일에서 벗어날 수 있지 않을까? 그럴 순 없었다. 그리스

민주를 체험하고 돌아온 사람으로서 소크라테스적 신념을 버리고 싶지 않았다.

"그가 고대의 다신교적 신앙을 복원하려 했다면, 해방된 영혼의 무리를 이끌고 신전과 성스러운 숲으로 가 조상신들에게 다시 제물을 바치라고 했다면, 나이 든 시민들은 그에게 명예를 안겨 주었을 것이다. 그러나 소크라테스는 그것이 자멸적 정책이라고, '무덤을 넘어서는' 것이 아니라 후퇴하여 무덤 안으로 들어가는 일이라고 생각했다."
- 윌 듀런트(정영목 옮김), 〈철학이야기〉, 봄날의 책, 2015

신념을 버리고 신앙을 얻으면 나의 의식, 곧장 무덤으로 들어가게 된다. 무덤을 건너 뛰어, 무사히 무덤에 누우려면 지혜를 얻지 못할 바에 무위無爲의 마음이라도 얻어야 한다. 아직 엘리베이터는 5층이고, 나는 조급하지 않은 척 무위를 '하려고' 한다.

위무위僞無爲. 앞에 있는 '위'에는 위선, 가짜, 거짓이라는 의미도 있다. 그러나 이 표현에서는 무위를 가장한 행동, 무위인 척 속이는 행위라도 해서 그것을 구현해 보라는 적극적인 의미가 있다. 그렇게 태어나지 않았다면 그런 척이라도 해라,

그러다 보면 자연스러워질 날이 올지도 모르잖나. 그렇더라도 이 무위에는 '하다'라는 단서가 달려 있다. 억지로, 일부러, 그래서 심하게는 위선적이라고까지 말할 수 있다.

이후 5년 가까이 이런저런 노자의 책들을 읽어 보았지만, 매번 '이런 말이 있었던가?' 하는 기억력이야 어쩔 수 없다고 쳐도, 여유로운 척, 화가 안 난 척, 너그러운 척, 무엇 하나 자연스러워지지 못했다. 사무사事無事 미무미味無味. 일이 없는 것으로 일을 삼고, 맛이 없는 것으로 참맛을 삼으라. 노자는 그렇게 말하지만, 무미의 맛은 고사하고 맛집을 걷어내면 내 삶에 메울 수 없는 싱크홀이 생긴다. 민주 가정을 떠나 20여 년. 바지런을 떨지 않으면 끼니도 못 챙긴다는 조바심으로 닦달하고 살아왔다. 직업으로서의 일이 끝나도 빨래든 음식이든 소일을 하지 않으면 죄책감에 짓눌린다. 나는 무엇이든 해야 했고, 무슨 일이든 기꺼이 해 왔다. 30대에 들어서며 이왕이면 하고 싶은 것을 하겠다는 의지가 생겨났고, 못할 건 또 뭐냐는 안방 크기의 자신감도 배꼼 싹수를 드러냈지만, '하고 싶은 것'이 뭔지 말해 보라는 기대 앞에선 늘 싹수가 잘렸다. 하고 싶은 게 뭔지 몰랐다. 여러 나라를 여행했고, 두 권의 여행 책을 냈고, 혼자 작은 잡지를 만들었다. 그게 하고 싶은 일이었던가? 지혜, 나란 인간이 왜 태어나서 왜 살아가고 있는지 이유를 알고 싶었지만 그게 내가 하는 일, 먹고사는 일과 결부되는 것 같진 않았다. 생업의 분야가 달라진다고 사는 이유가 달라지는 건 아니다. '하고 싶은'의 목적어는 어디 있는가? 끝내 지목하지 못할 것인가? 그렇게 40이 넘고부터는 삶이 공허해지는 것 같았다.

그런데 그 공허가 주는 위로가 있었다. 하고 싶은 일이란 게 나한테 좋은 일인가? 하고 싶은 일과 내가 할 수 있는 일, 그 둘 다 '더 좋은 일'과 연관 지어지지 않았다. 매우 전형적인 직업군에 속한 친구들은 글이라든가 음악이라든가 다른 일도 해보고 싶다는 꿈과 의지를 피력한다. 나는 그게 그들이 잘할 수 있는 일인지, 그들에게 좋은 일인지 판단이 서질 않는다. 나는 그들이 그들 직업으로서 충만해 있는 듯하고, 그 일이야말로 그들에게 적합해 보이며, 그래서 좋아 보인다. 하고 싶다는 욕구는 다분히 문화적 세뇌 때문일 가능성이 크다. 뉴스나 신문을 보지 않으면 세상사에 뒤처진다는 말이 삶을 통해 한 번이라도 증명된 적이 있었나? 뉴스, 문화, 가치는 네온사인 같은 거다. 한 번의 눈길로 손님을 끌면 된다. 꼭 단골일 필요는 없다.

생각해 보면 원하는 일, 하고 싶은 일이란 것의 분야는 거의 정형화 되어 있다. 성찰, 헌신, 공유, 공생, 행복. 포장하는 문구도 항상 그대로다. '하다'와 '싶다'의 관용적 호응은 정말로 목적어를 갖고 있을까? 끝끝내 괄호 안에 목적어를 숨겨두고 사람의 마음을 허허로이 후벼파기만 하는 건 아닐까? 나는 언제까지고, 무슨 일이든 하고는 있을 것 같다. 하지만 '싫어'서 하는 일은 맥주를 마시는 일 정도가 아닐까 싶다. 내가 원하는 건 일에서의 여유, 자유, 성취가 아니라 결과를 신경 쓰지 않고 조급해 하지도 않으며 일을 '하는' 것이다. 나에게 '무위'란 정말로 아무것도 하지 않는 것이 아니라 목적을 두지 않고 늘, '뭐든', '하는' 것이다.

그러나 '지무지知無知', 나의 무지를 자인하는 것은 어렵다. 너무 어렵다. 내가 먼저 모른다고 말하기 전에 나의 무지가 노출될 때면 여지없이 무언가를 안다고 우기고, 내 뜻대로 조정하려 억지를 쓴다. 내 스스로 무지하다 말하는 것마저 '지'가 있음을 드러내는 가식, '아니야, 너 잘 알아'를 듣기 위한 유위인 것이고, 그래서 내 가식적인 행동을 되짚으며 실망하고 침울해진다. 그럴 때 생각한다. 델피의 달팽이 구조대로 보내던 스물넷의 가을과 복채도 없이 무당에게 점을 보겠다고 일주일을 걸어왔을지도 모를 소크라테스를. 데카르트가 내시경과 MRI를 모른 채 인간을 생각했듯, 지금의 인간도, 특히 나는, 앞날 같은 건 예상할 수 없다. 내가 알아야 할 것은, 내가 지금 이대로 평안하다는 사실과 몰랐다는 이유만으로 무언가를 알아 간다고 해서 내 자신 아무것도 변하지 않을 거란 사실이다. 내가 이제야 조금 알겠는 것은 내가 아무것도 모른다고 해서 그게 내 삶에 어떤 영향도 끼치지 못할 거라는 것이다.

〈도덕경〉4장

좌기예挫其銳 해기분解其紛 화기광和其光 동기진同其塵

: 도는 날카로운 것을 무디게 하고, 엉킨 것을 풀어주며,

자신의 총명한 빛을 부드럽게 감추어 자기 안에 품고서

세상 사람들과 함께하며 감화시킨다.

# *붉은 낙타 한 마리 되어:
# 먼지 쌓인 한옥 마을 1년

*이승환 〈붉은 낙타〉 가사 중에서

이사를 앞두고 짐을 정리하다 보면, 앞으로 살아가게 될 동네, 새 집에서 어떤 생활을 하게 될까, 어떤 사람들을 만나게 될까 하는 기대보다는 이번에는 얼마나 살게 될까, 다음에는 어디로 가게 될까, 묵묵한 체념으로 컨베이어벨트 앞에 선 기능직처럼 손을 놀린다. 20대 중반 혼자 살게 된 이래 3개월, 6개월, 길게는 1년에 한 번 꼴로 잠 잘 곳을 옮겨 다녔다. 잠만 잘 장소에 몸을 우겨 넣는 아주 간소한 이동이었기에 굳이 이사라는 말도 쓰지 않았다. 언제까지 이렇게 살아야 할까, 그때는 그런 생각조차 들지 않았다. 집 없이 사는 게 힘들다는 생각보다는 정착이란 어쩐지 나이 드는 표식 같다는 생각을 하고 살았다.

서른 넷, 월세 보증금이나 합쳐 보자는 시답잖은 소리가 엉겁결에 결혼식까지 이어질 줄은 몰랐다. 대출, 이사 날짜 조정, 인테리어, 그간 감당하지 않아도 됐던 일들이 몰려왔으나, 건물 외양이야 어쩔 수 없더라도 양가 부모님이 눈물을 훔치며 돌아가지 않도록 내부라도 잘 꾸며야 한다는 책임감을 그럭저럭 잘 감당하지 않았나, 실컷 자찬하며 살았다. 겨울이면 김장 비닐을 잔뜩 사와 랩 씌운 짜장면 그릇처럼 덕지덕지 창가를 감싸고, 여름에는 작은 에어컨이 달린 방에 온 집안 살림을 욱여넣고 원룸 생활을 해야 했어도 아침이면 침대 머리로 기울어진 감나무 가지에 앉아 작은 새들이 울고, 아랫집 할머니가 키우는 하얀 강아지가 산책을 데려가 달라 간절하게 올려다보는 '우리 집'이었다. 이곳에 오래오래 살면서 하려 했던 것 맘껏 시도해 보자. 약속이 낭만적이어서 그랬나, 계약된 2년이 지나자 바람은 강제로 폐기되었고, 떠밀리듯 집을 떠났다.

결혼과 동시에 집은 잠만 자는 공간에서 생활의 공간, 가장 많은 시간을 보내며 삶의 의미를 쌓아가는 공간이 되었다. 두 사람이 동시에 만족하는 동네, 집 구조, 용도를 합의해 가는 과정은 수월했다. 우리 둘 다 가장 싸고 허름한 공간 안에 서서, 이 공간이 어떻게 우리의 공간으로 바뀌어 갈지 상상할 수 있었고, 그런 상상이 좋았고, 손수 자르고, 칠하고, 쌓고, 붙이며 말끔하지는 않아도 상상했던 우리의 공간을 완성시켰다. 그러나 공간에서 해 왔던 다짐은 계약된 2년이 지나면 여지없이 폐기되었다. 그러면 다시 부동산 문을 열어야 했고, 푹 꺼진 소파에 앉아 믹스커피가 소용돌이치는 종이컵을 받아드는 순간 그 전까지는 완전히 간과하고 있던 '계층'이란 벽과 마주해야 했다. 우리가 그간 어떤 공간을 만들고 살아 왔으며, 어떤 생각을 했고, 그 생각을 어떤 결과물로 만들어 왔는지, 아무도, 어떤 배려도 하지 않았다. 우리는 '서민'에도 미치지 못하는, 품값도 안 나오는 손님이었다.

언제까지 이렇게 살아야 할까. 외면하던 자괴감이 한꺼번에 몰려왔다. 나는 대체 뭘 하고 산 건가, 나 자신에 대한 원망과 자책으로 마음의 병이 생겼다. 아침마다 한두 시간씩 한강을 뛰어다니던 심장이 이사를 준비하고 불과 일주일 만에 의자에 올라 전구를 가는 것도 벅차 했다. 미루고 미루다 병원에 갔다. 부정맥으로 인한 중풍, 뇌졸중 위험. 이사는 해야 했고, 집도 내 손으로 고쳐야 했다.

결혼하고 줄곧 살아오던 마포를 떠나 종로에서 살아보기로 한 건 우리가 나이 들어갈 곳, '우리 동네'를 찾고 싶어서였다. 마주친 적은 없지만 우리 둘 다 처음 일을 시작한 곳이 안국동이었고, 그래서 결혼 전 처음 알아 본 곳도 북촌 계동이었다. 사는 곳은 마포였지만, 종로는 내가 가장 익숙하고, 잘 아는 동네였다.

처음 생각했던 곳은 역시 북촌이었으나 그곳은 우리가 가진 자금으로는 역부족이었다. 사실 서울 어디라도 만만한 곳이 없었지만, 수없는 발품 끝에 드디어 아직 사람들의 눈길이 닿지 않는 심산유곡 같은 서촌 골목에 접어들게 되었다. 차가 들어갈 수 없는 좁은 골목을 두 번이나 꺾어 들어간 끄트머리에, 터지고 갈라진 시멘트벽에 유명무실한 철문이 달린 단층집이 있었다. 1980년에 지어진, 동네 사람들이 절대 팔리지 않을 거라 장담하던 집이라 했다. 현관문을 제외한 모든 벽이 옆집 담들에 둘러싸여 있어 빛은 어디로 들어오려나 싶었는데, 안으로 들어가자 역시나 빛 한 줄기 스며들 틈이 없었다. 벽지를 벗겨내자 무너진 벽과 천장에서 흙더미가 쏟아졌다. 욕실 겸 화장실은 현관 밖에 있었고, 겨울이면 샤워는커녕 손도 못 씻겠다 싶었다. 작은 집이 아니라 커다란 시름에 은행 대출까지 냈구나. 왜 잘 살던 망원동을 떠나 종로로 가려 했을까. 처음으로 다툼이 벌어졌고, 합당한 이유를 댈 수 없어 매우 감정적으로 입을 닫아 버렸다.

이상한 얘기지만, 종로 한복판, 경복궁 서촌에 집을 구하기로 한 건 낙타처럼 고립되어 호젓하게 살아가고 싶어서였다.

서울 한복판에 있는 동네이긴 하지만 아파트가 없었고, 빌라마저 드물었다. 집 하나에 한 가족. 누가 살고, 얼마나 살았고, 무얼 하며, 어떻게 살고 있다. 대문은 그 집의 가족사진이었다. 망원동 밀집된 주택가에서 엉킨 시금치나물처럼 살다가 대리석 바닥에 기와지붕과 돌담이 어우러진 골목을 보니 시금치나물을 가닥가닥 풀어 한 사람 앞에 한 접시씩 놓아 준 것 같았다. 골목마다 널브러진 피자박스, 치킨 뼈 조각, 담배꽁초가 흩뿌려진 망원동을 떠나고 싶은 마음이 매우 간절했다.

조심스레 천장을 걷어 내며 기둥을 보강하고, 벽에 구멍을 내 창을 만들었다. 마주보는 두 집이 새로 한옥을 짓고 있었고, 우리는 한옥과 전혀 관련이 없는 집이었다. 그 때문인지 일하는 사람들 사이에 텃세와 갈등이 있었다. 우리가 살러 온 곳이 하필 서울시 한옥지정구역이라 이곳에 집을 마련한 사람들은 서울시의 공사 지원금을 받아 한옥을 지었다. 한옥을 지으면 보조금이 나온다는 이야기야 진즉 들었지만, 우리는 수많은 연쇄 이사의 한 고리로서 집을 새로 지을 시간이 없었다. 어느 집에선가 흘러흘러 온 '잔금'이 내 통장을 거쳐 다른 집 통장으로 넘어가야 했기에 빡빡한 이사 날짜를 생각하면 감히 신축이란 기간을 짜낼 엄두가 나지 않았다. 결정적으로, 신축을 하면 은

행 대출이 나오지 않는다. 이사 자체가 성립되지 않는다.

집을 산 사람들은 신축, 개축 말고 대수선을 선호한다. 공사 기간, 비용도 그렇고 신축을 하면 용적률이 50~60%로 줄어들기에 땅 면적 가득 지었던 예전의 집 크기에 손실이 많이 생기기 때문이다. 하지만 대수선을 선택했다가 현 건축법의 규제에 걸려 건축선을 안으로 들일 경우 기존의 구조를 해체할 수밖에 없어 수리도 아니고 신축도 아닌 난처한 지경에 빠질 우려가 있다. 집을 짓는 사람 입장에서도 기존 건물을 현재의 건축법 안에서 '멋진' 집으로 탈바꿈하는 게 쉽지 않다. 다 부수고 새로 짓자, 한옥을 새로 지으면 보조금도 나온다. 이런 식으로 건축주의 마음을 몰아가기 마련이다.

집을 새로 짓기로 하고 깨끗하게 철거도 했으니 이제 집을 지을 수 있는가? 아직 멀었다. 종로 전체가 문화재를 깔고 있는 지역이다 보니 집을 지으려면 문화재 발굴 조사를 해야 한다. 이 기간이 3개월이 걸릴 수도 있고, 6개월이 걸릴 수도 있지만, 행여 오래된 자취 뭐 하나라도 나왔다가는 집짓기를 포기해야 한다. 이 과정까지 끝나 땅을 다지고 기둥을 세우려 하면 약간의 동요 조짐을 보이던 이웃집들이 본격적으로 이권 싸움을 걸어온다. 서촌의 집들은 정말 다닥다닥 벽을 맞대고 있기에 철거로 드러난 이웃집 외벽을 수리해 주어야 하고, 집 사이 면적도 넓혀야 한다. 어찌어찌 구청의 허가야 나오지만, 이 어지는 이웃 동의 절차에서는 다들 좌절하고 만다. '이웃의 동의'란 국문과 나온 사람이 유시민 작가의 〈후불제 민주주의〉를 읽고서 김앤장 변호사와 소송을 벌여 이기려는 짓만큼 무모한 일이다.

옆집, 뒷집 사이의 경계가 불분명해 집집마다 소송 한두 개 정도는 안고 있었다. 측량을 해서 누구의 것인지 밝혀낸다 해도 그 안에는 국가 소유, 시 소유의 자투리들이 껴 있고, 또 어느 부분은 소유자를 알 수 없는 사유지여서 대체 누가 얼마를 가져야 하는지 판가름 나질 않는다. 우리 집만 해도 앞집 대문까지는 시에서 새 보도를 깔아놓았는데, 우리 문 앞 한 평 정도는 흙바닥 그대로 내버려 두었다. 누가 봐도 골목인데, 우리 대문 앞만 사유지라고 방치해 둔 것이다. 구청 직원에게 그럼 내가 알아서 쓰면 되는 땅이냐 물어 보니 그러려면 소유주한테 허락을 맡으라고 하기에, 소유주를 알아봐 달라 했더니 모른다고 한다. 그 땅이 사유지이긴 하지만 소유주는 따로 없다는 소리를 이상한 줄도 모르고 잘도 한다. 내가 대문 앞 골목에서 삼겹살을 구워 먹을 것도 아니고, 이웃집 공사하고 남은 자갈을 빌려다가 망치 한 자루를 들고서 때리고 파묻고 걷어내고 하며 집이구나 싶게는 만들어 놓았다. 바로 이 공유와 사유의 허점이 더 큰 다툼의 시발점이다. 소유할 수는 없지만 점유하는 것 까지 참견할 수 없기에 어떻게든 먼저 땅을 차지해야 한다. 이 곳은 서울시내 한복판, 경복궁 서촌. 땅 한 평이면 꽤나 큰돈이 다. 소송을 벌일 만하다.

누군가가 집을 고치거나 새로 지으려 하면 시비꾼들이 몰려든다. 어느 틈에 민원이 접수되고, 조사차 구청에서 공무원이 파견된다. 그들은 골목에 버려진 자갈 하나 어찌지 못하는 사람들이나, 그들이 가진 권력의 핵심이 바로 거기에 있다. 그들은 해결하지 않고 내버려둔다. 민원인들 사이 발생한 다툼은 각자의 소송으로 마무리되고, 구청은 거기서 발생하기도 하는 벌금의 수혜자만 되면 그만이다. 민원 내용은 자기네 집 벽에 방수를 해 달라, 새로 페인트를 칠해 달라, 공사 시작하고 자기 집 하수구가 자주 막히니 싱크대 공사를 해 달라, 터무니 있고 없고를 가리지 않는다.

매매 계약서에 도장이 찍히자마자 내가 안게 된 시비는 두 건의 땅 싸움과, 한 건의 지붕 싸움이었다. 한옥을 신축하는 옆집 마당에 나의 소유로 되어 있는 땅 한 평이 포함되어 있었다. 원래는 담장을 쌓아야 하나 그들은 마당으로 쓰길 바랐다. 나의 소유라고는 하나 벽과 벽 사이 빈공간이니 나에겐 쓸모가 없고, 그들에겐 마당이 된다. 하지만 다시 매매가 발생할 때,

특히 새 소유자가 집을 새로 짓겠다고 할 경우 두 집 사이에 커다란 문제가 생긴다. 그러니 내가 합의서를 써 주지 않으면 옆집은 준공 허가를 받을 수 없다. 집 짓는 동안 어려운 일이 하나둘이 아닐 텐데, 합의서를 써주기로 했다. 구청 직원이 앞으로도 이 땅을 암묵적으로 옆집 소유로 인정하겠냐고 묻는다. 이 인간, 정말 아무 능력 없이 대단한 능력을 십분 발휘하고 있지 않나? 침묵으로 시비를 끝냈다. 또 한 집과의 시비는 이전 주인과 경찰이 오갈 정도로 심한 싸움을 벌였다고 들었으나 내가 이사를 오고는 아무 말이 없어 이분들이 그간의 사정을 모르고 넘어가길 바라는구나 싶었다. 그래서 모른 채로 살았더니 정말 영문을 모른 채 두 번째 시비가 종료되었다.

지붕 싸움은 자칭 유명한 한옥 목수라는 뒷집 남자와의 시비였다. 첫 마주침에서 대뜸, '아시다시피' 이 집을 제가 지었는데, 그쪽 집 지붕에서 흐르는 물이 우리 집 지붕에 떨어졌다가 차양을 타고 떨어지게 돼 있어요. 그 사실을 잘 알아두라고 했지만, 나는 그와 '아시다시피' 같은 걸 공유한 적이 없었다. 어쩌라는 거지요? 우리 집은 1980년에 지어졌고, '아시다시피' 네 집은 2010년대 후반에 지어졌다. 신축하는 집의 지붕에 물이 떨어지지 않게 1980년에 지은 집의 지붕을 걷어내라는 것인가? 처음부터 지붕이 겹치지 않게 지었으면 될 것을 집 면적을 늘리겠다고 지붕까지 겹치게 바짝 지어 놓고서 이제 와 몰라도 되는 말을 하는 이유가 뭔가. 이후 그와 마주치게 될 때면 길가에 놓인 고양이 사료 보듯 하며 지나쳐 버렸다. 아시다시피 저는 고양한테서 밥을 탐내지는 않거든요. 그리고 얼마 뒤 '아시다시피'는 아무도 모르게 이사를 갔다.

그렇게 분쟁을 끝내나 싶었는데 몇 개의 민원으로 벌금이 날아오고, 구청 직원이 찾아오고, 드디어 거대한 벌금이 부과되었다. 자기가 사는 골목도 아니면서 할 일 없이 남의 공사를 기웃거리다가 꼬투리가 잡혔다 싶으면 구청에 신고를 해 대는 오랜 거주민들이 종로구 예산을 확보해 준 쾌거였다. 몇 달이고 공사 차량이 드나드는 게 불만이었던 골목 입구 상가 사람들은 시시때때 페인트를 칠해 달라, 벽을 수리해 달라 요구했다. 한옥 마을이라 한옥을 짓는 사람들과는 오랜 안면이 있다 보니 처음 보는 나를 호구로 잡은 것이었다. 심지어 이사를 하고 한 달이 지난 뒤까지 우리 집 공사 차량이 자기 집 벽 모서리를 긁고 지나갔다며 수리를 해 달라는 공예인도 있었다. 저희 집 공사가 끝난 지 한 달이 넘었습니다. 그리고 저희는 차는 커녕 자전거도 안 탑니다. 제가 발로 차서 벽이 이렇게 무너질 거라 생각하세요? 사과 없이 가게 문만 닫혔다. 나라고 떳떳한 건 아니었다. 그 사건은 나와 관련 없었지만, 이 동네 벽이 발로 차도 무너지지 않는다는 말은 거짓이었기 때문이다.

　　서울시 공사 지원금의 기준이 골목 건축선, 옆집과의 간격, 외벽 모양, 기와지붕 같은 외양에만 있고 그 집에 살게 될 사람들의 생활, 특히 채광, 냉난방을 완전히 등한시하다 보니 집이 허술하게 지어진다. 한옥 마을에 중요한 건 한옥 마을이라는 외양이란 거야 이해할 수는 있으나, 지원금 지급 기준을 지키기 위해 집으로서의 구실을 간과하도록 부추기고 있다. 한옥은 기둥이 겉으로 드러나야 하기에 콘크리트 건축물보다 벽이 얇을 수밖에 없다. 여기에 옛날처럼 진흙에 볏단을 섞어서 바르거나, 비싼 황토 벽돌을 사용하는 것도 아니라 사실 기둥과 지붕 말고는 한옥이라 할 만한 것도 없다. 집주인이 일일이 신경을 쓰지 않으면 공사 단가를 낮추기 위해 합판으로 벽을 대고 아이소핑크라는 얇은 단열재 하나를 끼우고 석고 보드로 내장을 마감해 버린다. 바깥은 돌로 마감을 하거나 회벽을 칠하니 밖에서 보면 돌집처럼 튼튼해 보인다. 하지만 실제로는 합판에 스티로폼 한 장 덧대 놓은 판때기가 기둥과 기둥을 이어주는 전부다. 인대에 약간 무리가 가는 선에서 맨몸으로도 철거가 가능하다. 건축주가 일일이 신경 쓰는 집은 유리 섬유나 경질 폴리우레탄 재질의 단열재를 쓰고 벽돌이나 값이 나가는 사괴석을 정사각형으로 다듬어 쓴다. 그런데 내가 오가며 본 바로는 공사를 하는 날이 들쭉날쭉해서 건축주가 일일이 신경 쓰기 어려워 보이고, 그렇게 해도 양옥보다는 벽이 얇다.

　　나무 대문과 창호도 문제인데, 비가 오면 불어서 잘 여닫히지가 않는다. 이건창호라는 회사에서 목조 주택용 창호와 대문을 생산하고 있지만, 그걸 썼다가는 공사비가 두 배로 늘어날 수 있다. 보통은 하던 대로 창호 장인들에게서 짜 온다. 이것들은 물론 아름답기도 하고 섬세하게 잘 들어맞지만, 빛, 습기에 취약하다. 그러나 업자를 잘못 만나면 현장에서 창호와 대문을 짠다. 현장에서 짠다고 하면 더 대단한 작품으로 생각될 수 있지만, 그건 단순히 잘못된 업무 분장, 인력 부족에서 빚어지는 태업에 가깝다. 한옥 건축의 특징은 건축 재료와 양식이 합일되는 이상적인 건축 양식이라는 것이다. 목수가 나무를 하고, 석공이 돌담을 쌓고, 와공이 지붕을 올리고, 미장이 회벽을 칠한다. 목수도 구조만 세우는 대목과 대문을 짜는 목수, 창호를 짜는 목수로 분장되어 있다. 현대 건축과 다르게 한옥은 집이 완공되어도 이 한 사람, 한 사람의 공정이 모두 노출된다. 일하는 태도가 각기 달라 마음에 들고 안 들고의 차이가 있을 수 있지만, 그들을 인정하는 기준은 일하는 방식이 아니라 공정을 끝마쳤을 때 겉으로 드러나 있는 그들의 솜씨다. 그러니까 현장에서 이 일도 하고 저 일도 하는 목수는 절대 대목이 아니며, 집의 기둥을 세워서는 안 되는 사람이다. 그런데 내가 지난 1년간 겪은 한옥 마을은 부동산과 이런 주먹구구 업자들이 결탁해 집을 구하는 사람을 속이는 과정의 연속이었다. 집이 다 지어지지 않은 상태에서 새로운 집을 지으러 간다. 15평 한옥 하나 짓는데 평균 1년 반이 걸린다.

시스템 창호를 여기저기 달아 빛을 들이고 바람을 틀어막았다. 외벽엔 빨간 벽돌을 쌓고 한 편에 작은 화단을 만들었다. 한옥 마을에까지 와서 군이 서양식 집에 살아야 하나, 동네 사람들은 그렇게 생각할 수도 있지만 내가 살고자 했던 건 종로였지 한옥이 아니었다. 한옥의 치명적 약점인 수납 문제를 해결하다 보면 내부는 한옥이 아니게 된다. 현대식 주방, 화장실, 침실, 거실. 한옥이라 할 수 있는 건 오로지 겉모습뿐이다. 하지만 거기에도 눈속임이 있다. 한옥은 본래 '一'자 구조이지만 서울의 한옥은 실내 공간을 넓히기 위해 'ㄱ', 'ㄷ' 모양으로 꺾었다. 이런 집을 개량형 한옥, 서울식 한옥, 보급형 한옥이라 부른다. 남은 건 기와 하나인데 사실 이마저도 한옥과 관련이 없다. 서민 주택에 기와를 올리는 경우는 거의 없었기 때문이다. 저들의 한옥도 나의 벽돌집만큼이나 한옥과 멀리 떨어져 있는 것이다.

낙타처럼 살고자 했던 처음의 바람은 완전히 무너져 버린 듯했다. 옆집과 이렇게까지 집요하게 어깨싸움을 벌이며 살아야 하는 걸까, 지나치는 사람, 지나가다 우리 집을 슬쩍 올려보는 모든 사람을 경계하고 미워하며 살아야 하는 걸까? 나는 어쩌다 한국의 자메이카, 피스, 러브, 야만의 망원동을 떠나 땅싸움의 한복판 종로로 오게 됐을까? 수없이 후회했고, 자책했다.

큰 도로에 이삿짐 트럭을 세우고 작은 트럭으로 옮겼다가 다시 카트에 옮겨 담는 번거로운 '전달' 과정을 거쳐 짐들이 집 안에 안착했다. 짐 정리를 대강 해 놓고 공사하는 기간 임시로 얹혀 살던 집으로 가서 고양이 노자를 데려왔다. 고양이를 영역 동물이라 하는데, 한 달 넘게 뜨내기 생활을 견디느라 노자가 맘고생이 많았다. 하지만 이사를 하고도 자잘한 공사들이 남아 있었고, 노자는 어느 한 구석 맘 편할 곳 없이 숨어 지내며 매우 더디게 새 집에 적응해 갔다.

노자와 함께 사는 인간 두 명도 노자만큼 더디게 동네에 적응해 갔다. 주변에 큰 마트가 없었고, 농협 이름을 단 마트가 있었으나 무르고 맛이 안 든 채소와 과일에 백화점 가격을 붙이고도 미안한 기색이 없었다. 시장이 있긴 하나 그간 이용하던 망원시장에 비할 바가 못 되었다. 저녁 8시쯤이면 어지간한

가게들이 문을 닫았다. 잠자기 전 간단히 맥주를 마실 곳이 이렇게나 없다니. 온갖 장보기는 새벽배송 사이트를 이용했고, 그걸 가지러 나가다 보니 골목 사람들이 다들 이렇게 살아왔다는 걸 알게 되었다.

　이곳만의 남다른 풍경이 있다면 저녁 7시 넘어 인간의 자취가 드물어질 무렵, 열 마리 정도의 고양이가 기지개를 켜며 슬금슬금 나타나 골목에 자리를 잡는 모습이다. 큰 골목 끄트머리 집을 작업실로 쓰시는 번역가 선생님이 이 고양이들을 먹여 살리는 '캣맘'이었다. 고양이 엄마는 일일이 고양이들에게 이름을 붙여 누가 아프고 누가 오늘 안 왔고 누가 새로 왔고 하며 아이들을 돌봐 주었다. 햇수로 8년 가까이 그렇게 살았다고 한다. 고양이들이 먹는 간식을 보니 우리 노자는 엄두도 못 내는 고급 간식들이었다. 고양이들은 저이들끼리 질서 있게 어울려 살았고, 먹었고, 쓰레기 더미를 뒤지거나 싸움을 벌이거나 발정 난 소리를 내지 않았다. 이 골목은 고양이들의 평화 정착지였다. 고양이들이 먹는 음식들을 바라보고 있자면, 아무래도 노자를 밖으로 내보내 살게 하는 게 영양 공급에 이롭지 않을까 싶었다.

　막 해가 질 무렵엔 새로 한옥을 지어 이사 온 두 집에서 마당에 불을 켜고 간식이나 캣닢을 놓아두었다. 소심한 아이들은 차마 남의 집 안으로 들어가 간식 먹을 생각을 못했지만, 붙임성 좋은 아이들은 이 집 저 집 드나들며 풍족하게 해롱댔다. 이 두 가구 구성원들과는 나이도 비슷하고 골목에서 추구하는 바도 비슷해 인사 정도는 하고 살고 있다. 이들 모두 '공동체', '가족 같은' 삶을 제쳐두고 '완전 개별', '참견 금지'로 살아가지만 마주치며 인사를 하고 안부를 나누는 시간은 기꺼이 할애한다. 작년 연말에는 우리 집에서 같이 먹고 마셨다. 올해는 두 집 중 어느 집이 되지 않을까 싶다. 이런 만남의 중심에는 물론 고양이 엄마가 있고, 그래서 이야기 대부분은 고양이에 관한 것이다. 이웃보다는 고양이 동호회에 가깝다.

　이 네 가구의 공통된 걱정거리는 고양이 관련 민원이다. 고양이가 밤길에 위협이 된다, 집 앞에 배설물이 있다, 시끄럽다, 동물의 생명에 인정을 베풀 수 있다고 믿는 것은 인간의 오만이다, 그린피스도 자연 도태에 인위를 가하는 것일 뿐이다, 그러니까 밥을 주지 말라. 서촌에서 가장 커다랗고 좋은 집들이 몰려 있는 통의동의 한 갤러리 주차장 앞에는 동네 사람들이 고양이 알레르기로 고통 받고 있으니 더 이상 고양이를 돌보지 말아 달라는 정중한 헛소리가 붙어 있기도 했다.

　인간과의 싸움과 마찬가지로 고양이와 엮인 싸움을 끝내는 방법 또한 포기였다. 내가 땅을 포기한다는 합의를 해 준 것처럼, 온갖 벌금과 시비를 보복 없이 참아낸 것처럼, 고양이 엄마는 자존심 일부를 내려놓았다. 죄송해요, 고양이에 미친 여자 하나가 한 동네에 산다고 생각해 주세요. 쭈그리고 앉아 고양이가 밥을 먹는 모습을 내려다보면서 마냥 욕을 먹는다. 내가 그분을 처음 만난 것도 속옷 바람으로 사납게 짖어대는 펑퍼짐한 남자의 소음 때문이었다. 화를 내야겠다 싶어 운동화 끈을 조여 매고서 하얀 난닝구 뱃살과 대치했다. 그는 우렁차게 고양이 엄마를 위협하고 있었고, 나는 짐승의 눈초리로 그의 어느 부위에 한 방을 먹여야 땀 분비물이 적게 묻을까 헤아렸다. 고양이 엄마는, 이 아이가 구내염이 부쩍 심해졌어요, 약을 계속 챙겨주는데 더 나빠지기만 하네요, 나에게만 이야기를 하면서 뱃살 난닝구를 모른 체했다. 나에게도 흐물거리는 지방질 대신 생끗 커다란 눈을 감아주는 고양이나 바라보라 말해주는 것 같았다. 그것이 그분이 사람들과 싸우는 방식이었고, 고양이를 지키는 방식이었고, 나는 지금껏 내가 얼마나 못 싸우고 살았는지 알게 되었다. 그렇다고 이걸 이긴 거라 할 수 있나? 땅을 노리는 시선도, 남의 집 간섭하고 싶어 하는 민원도, 고양이를 노려보는 시선도, 그린피스마저 반대한다는 외침도, 어느 하나 쉽게 끝날 싸움이 아니었다.

화기광 동기진이란 말은 도를 저 산속이 아니라 세상 사람들 속에서 구하라는 말이다. 불교에서는 보살이나 깨달은 사람이 세상 속에 머물며 무지한 속인들에게 깨우침을 준다는 뜻으로도 쓰인다. 사람들 사이에 깨달음, 도, 진리가 있다. 사람들 사이에 머물라. 진리는 탈속이 아니라 먼지에 섞여 있다. 그러나 나는 골목을 오가며 이곳에 무슨 진리, 삶의 진면목 같은 게 있겠나 생각했다. 내가 선생님이라 부르는 고양이 엄마는 정말로 낮에는 학생들을 가르치는 선생님이지만 밤에는 그 학생의 부모쯤 되는 사람들에게 미친년 소리를 듣는다. 누군가는 고양이 물그릇에 담배꽁초를 버리고, 누군가는 고양이 배설물을 모아 고양이 사료 그릇에 고이 담아둔다. 누군가는 노트북 앞에 앉아 길거리 고양이가 행인에게 미치는 알레르기를 연구한다.

책상에 앉아 혼자 책을 읽고, 인터넷으로 강의를 보고, 새로운 책을 주문해 읽으며 지금껏 정리한 것들과 비교할 때는 글자 그대로가 나의 마음이었다. 사람을 알아가는 것 같았다. 내 마음을 들여다보는 듯했다. 그러다 현관문을 나서는 순간 책 속의 글귀들, 내 노트에 적힌 평온의 말들, 세상의 순리는 개별 음소로 분해되어 의미 없이 산발적으로 놓인 기호의 연쇄가 되었다. 그 기호로 해석하거나 추측할 수 있는 나의 삶, 인간 삶의 순리 같은 건 없었다. 화기광, 동기진. 이런 말들은 '현

실 골목의 나'란 인간이 내뱉은 '씨발' 한 마디에 구겨져 쓰레기
통에 처박혔다.

경쟁하지 않고, 천적과 다투지 않고 낙타처럼 살고 싶었
다. 인류가 아메리카에 닿기 180만 년 전, 북아메리카에 살던
낙타들은 인간과 정반대의 길을 걸어 아시아와 북아프리카 사
막에 정착했다. 그리고 나는 세상의 경제적 천적이 아파트와
신도시를 찾아 떠날 때 그들이 떠나 온 길을 거슬러 도시 한복
판 처연한 골목으로 걸어 들어왔다. 낙타는 포식자, 천적들과
의 영역 다툼, 먹이 경쟁에서 패배했다. 다툼을 싫어하니 성공
적인 사냥꾼이 될 수 없었다. 낙타는 다툼 없는 곳을 찾아 걷고
또 걸었다. 걷다 보니 자기도 모르게 서 있게 된 곳이 사막이었
다. 한낮엔 50도까지 오르고 밤에는 10도 아래로 떨어졌다. 수
시로 모래폭풍이 불어오고, 물도, 먹이도 없었다. 태양과 모래
바람으로 눈을 뜨기 어려운 상황에서도 낙타는 물과 먹이를 찾
아 사막을 가로질렀다. 먹이가 넘쳐나는 경쟁 세상 속으로 돌
아가지 않았다. 다툼, 경쟁보다 훨씬 혹독한 환경에 자기 몸을
맞춰갔다. 싸움은 나의 내면만으로도 버거워, 그런 고독이라
도 느끼는지, 체온이 34도에서 41도까지 오가도 몸 안의 단백
질이 멀쩡하도록 단련되었고, 모래 폭풍이 불면 코와 귀를 닫
을 수 있도록 근육을 발달시켰다. 아주 얇은 눈꺼풀을 내리고

모래폭풍 속을 걷는 낙타의 몸 안에는 200리터의 물이 저장되어 있고, 수분이 고갈되면 불룩한 등에 모아둔 지방을 분해해 에너지와 수분을 만들었다.

　이곳은 자동차가 들어올 수 없고, 인터넷 설치가 어렵고, 내비게이션마저 불명확해 배달 사고가 빈번하고, 1년에 한 번 따로 정화조 청소를 해야 하고, 심지어 주말이면 시위, 집회로 버스가 끊기는 도시 속 사막이다. 나는 도시 사막을 찾아 낙타처럼 걸어왔다. 1년이 지나자 나는 싸움이 늘었고, 민원에 익숙해졌다. 내 마음 벽엔 다툼의 잔해가 덕지덕지 붙었고, 집 현관에는 신축 한옥 공사장에서 날아온 먼지가 뽀얗게 쌓여 있지만, 아침마다 화단에 물을 주고 물청소를 하며 생각한다. 내 마음이야말로 사막이었어. 메마른 골목에 서서 〈도덕경〉의 한 구절 화기광, 동기진을 떠올리면 때때로 글자들이 화석에서 깨어나 장미꽃이 피고, 라일락 향기가 났다. 이 공간, 내 집과 골목은 글자에 숨을 불어 넣는다. 세상은 글자에 미치지 못한다. 그런 글자로만 세상을 접한 사람은 세상에 미치지 못한다. 글자만으로는 글자를 읽을 수 없다. 싸움은 이 골목의 현실이다. 현실을 도외시한 철학은 골목에 나서는 순간 화, 기, 광, 동, 기, 진, 맥락 없는 기호로 흩어지고 만다. 현실이 싸움이라면 철학은 현실을 받아들이고 싸움을 어떻게 종식시킬 것인가를 고민

해야 한다. 인간에게 경제만큼 철학이 중요하다면, 이 아수라
장을 정리할 말을 꺼내 놓아야 한다. 그게 대체 무얼까?

　　새로 이사 온 친구들이 우리 집 비슷한 빨간 벽돌 담 아래
화단을 만들고 백일홍을 심었다. 여기 오니 정말 날씨와 함께
살아간다는 게 실감이 나요. 마당에 나오면 집밖이긴 하지만
완전히 바깥도 아니잖아요. 잠옷 바람에 밖으로 나와서 땅과
하늘을 내 것처럼 바라봐요. 햇빛도, 바람도, 비도, 나의 공간
에서 보고 있으면 모두가 다 애틋해져요. 아파트 살 때보다 딱
히 불편해진 건 없는 것 같아요. 변한 게 있다면, 아파트 살 때
는 집이란 공간 안에서 어떻게 살아가야지 하는 생각은 안 해
봤는데, 여기 오면서 자주 그런 얘기를 해요. 나이 들었을 때,
우리는 여기서 어떤 모습으로 살아가고 있을까.

　　아, 그렇지, 나도 나이 들어갈 동네를 찾아 이곳으로 왔다.

　　골목은 내 눈앞의 글자에 새로운 길을 틔우고, 나는 그 길
을 따라 한 글자 한 글자 사막을 가로지른다. 그러면서 여전히
생각한다. 내가 다음에 살게 될 곳은 어디지? 내가 이곳에서 늙
어갈 수 있을까? 지금껏 거쳐 온 잦은 이동들이 마치 아프리카
를 떠난 인류가 정착지를 찾아 유럽, 시베리아를 지나 얼어붙
은 베링해협을 건너는 모습 같기도 하다. 내 유전자의 조상들

은 세대를 거듭한 걷기 끝에 아메리카에 닿았다. 그걸로 인류의 거대한 이동은 마무리되었던 걸까? 나 역시 그 세대를 거듭한 이동의 한 대목, 집을 찾아 떠나는 그 오랜 인류의 이동을 착실히 따라가고 있는 건 아닐까? 인간의 삶이란 그저 집을 찾아 헤매는 게 전부일지도 모르겠다.

사막을 지나, 얼어붙은 바다를 건너, 비가 멈추지 않는 축축한 습지를 걷는다. 지난 10년간 함께 걸어 온 사람이 있고, 두 살 된 고양이 노자가 발에 치이면서도 머리를 비비며 다리 사이를 통과한다. 두 달 전에는 아기 고양이 초희가 새로 왔다. 호기심 많은 초희는 내 어깨에 턱을 올리고 눈을 이리저리 굴린다. 나는 낙타가 되어 고양이들에게 그늘을 만들어 주고 내 몸을 녹여 물을 먹여 준다. 고양이들은 익숙한 길을 걷듯 장난을 치며 앞서 뛰어가기도 하고, 어느 높은 곳에 앉아 내가 어디쯤 왔는지 내려다보기도 한다. 그러다 나와 눈이 마주치면 깜빡깜빡 눈을 감아준다. 남자아이라 그런지 노자는 자기도 모르게 눈인사를 해 주고는, 마치 그런 애정 표현 같은 거 한 적 없다는 듯 고개를 돌린다. 그러다 다시 눈을 마주치면 이건 애정 표현과는 상관없는 인간의 의무에 관한 신호라며, 자, 이제 생각 같은 건 모래사막 깊숙이 묻어 두고 어서 몸을 일으켜 숨겨 둔 참치 캔을 꺼내 달라 재촉한다. 초희는 작은 방울이 달린 장난감을 물고 와 내 발 앞에 내려놓는다. 아니야, 먹는 것보다는 노는 게 중요해. 참치 같은 거 잠시 잊고 흔들어! 어서! 나는 낙타가 되어 한 손에 방울 장난감을, 한 손에는 참치 캔을 들고 서 있다.

싸움 자체가 현실이라면 일일이 싸우지 않는 것이 가장 현실적인 싸움 기술일지 모른다. 적의를 숨기고 힘을 과장하지 않으며 낙타의 시선으로 골목을 지난다. 화기광, 동기진. 나는 이 한 구절을 배우려고 이 싸움터 한복판으로 왔나 보다.

〈도덕경〉 2장

공성이불거功成而不居

: 일이 이루어져도 그 안에 머물지 않는다.

# [*]바람에 실려:
# 바람 부는 이유를 가지는 알까

부록에 실리는 노래 제목에서

누구 하나 밥을 빌어 오지 않았으나, 저마다 걸으려 한 목적은 따로 있었던 것 같으나, 그 모임의 이름은 생명, 생태, 인간성, 평화를 염원하는 탁발 순례였다. 내가 염원한 건 나의 제정신이었다. 유학은 불발되었고, 대학에선 제적되었다. 가정에 복귀해 일주일에 이틀 중등 보습학원에서 국어를 가르쳤지만, 정신이 영 제자리를 잡지 못해 일을 그만 두고 집안에 틀어박혀 엄마가 차려주는 밥이나 먹으며 하루를 보냈다.

그날 밤은 제정신이 유난히 멀리까지 나가 헤매고 있었다. 나는 꿈결처럼 가위를 들고 욕실로 갔다. 대강, 머리카락을 한 줌씩 끊어내고선 면도기를 들었다.

매일 밤, 죽은 친구가 발밑에 앉아 내 마음을 들여다보았다. 베란다 창에 기대앉아 아무 말 없이, 물끄러미. 그러나 침묵의 시선은 내게 줄곧, 그리고 또렷한 발음으로 묻고 있었다.

"너 진심이었니?"

그와 친구로 지내온 14년. 내가 그를 진심으로 대해 왔던가? 모르겠다. 중학교 1학년 때 같은 반이었다는 이유로, 그가 이번 토요일 자기 집으로 놀러 가자고 한 이후로, 커다란 정원과 잔디, 마당의 농구대, 그게 14년을 이어 온 전부였을까? 그가 살아 있는 동안에는 누구도 진심 같은 걸 묻지 않았다. 마음 따위야 어떻든 겉으로 보이기에 그와 나는 가장 각별한 친구 사이였다. 설령 누가 누군가를 일방적으로 이용하려는 마음이었다 해도, 그가 살아 있고 내가 살아 있는 한 서로 '진심' 같은 건 묻지 않았을 것이다. 각자 그때그때 눈앞에 닥친 상황, 변화, 반복을 꾸역꾸역 살아가기도 바빴을 거고, 시간을 내고 품을 들여 도왔을 것이다. 진심을 담아? 그가 살아 있었다면 계속 진심이었겠지, 그든, 나든. 하지만 죽은 사람은? 죽은 사람을 속이는 건 불가능했다.

그는 방으로 찾아오지 않는 날엔 전화를 걸었다. 너 중학교 때 우리 집 기억나지? 어, 양주에 있는 빨간 벽돌 집. 그래, 거기 숨어 지냈어. 진짜 미안해, 속이려고 한 건 아니고, 사정이 그랬어. 빚도 빚이고, 뭐. 자세한 건 만나서 얘기하자. 그래, 미안해, 너한테는 얘기했어야 했는데.

꿈에서 깨면 그가 충남 예산 어딘가의 납골당으로 가 버린 현실이었고, 그 현실이 하루하루 연장되며 나는 차츰 그가 살 았는지 죽었는지 분명히 구분하지 못하게 되었다. 삶과 죽음이 현실에서 어떤 차이를 만들어 내는지 헷갈렸다. 휴대 전화에는 여전히 그의 전화번호가 저장되어 있고, 나는 습관적으로 전화 기를 만지작거리며 그에게 전화를 걸어 볼까 말까 망설였다. 그러던 어느 날인가, 정신이 영 자리를 못 잡던 날, '진심' 같은 게 사람 사이에 문제가 되는 거라면 이제 아무도 만나지 않겠 다 화를 내며 휴대폰을 또각또각 부러뜨렸다. 그의 전화번호는 완전히 지워졌다.


면도기로 머리를 미는 게 그렇게 어려운 일인 줄 몰랐다. 두 시간 넘게 욕실에 서 있었지만 겨우 정수리까지 진행되었 다. 더 이상 팔을 못 들겠어. 하지만 뒷머리는 그대로다. 어깨 까지 늘어진 채로.

"엄마, 도와 줘."

잠든 엄마를 깨웠다. 민주 가정의 '원리', 엄마의 관용은 자 다 깨서도 침착하고 평온했다.

"왜 머리를 밀고 있는 거니?"

"탈모약 잘 들으라고."

엄마가 정리해 준 뒷머리에 까끌까끌 감촉과 자취가 살아날 즈음, 나는 충남 예산으로 갔다. 그의 유골함을 찾아간 건 아니었다. 멀리 남도에서부터 걸어올라 온 생명과 생태와 평화를 염원하는 순례단이 예산에 닿는 날이었다. 그들의 종착지는 임진각이었지만, 나의 종착지는 일주일 뒤에 닿을 어딘가였다. 걷기를 연장할 마음도 있었다. 내가 낯선 사람들과 잘 어울릴 수만 있다면. 그래서 단체에 피해를 주지 않는다면.

순례단 끝에 서서 논길, 들판, 야산을 걸었다. 몇 군데 문화재와 종교 시설에 앉아 쉬며 지역 문화 해설사들의 설명을 들었다. 원불교, 천도교 시설에서 잠을 잔 날도 있었다. 마을회관에서 잔 날에는 몇몇이 술을 마시러 나갔다. 맥주를 마시고 싶었지만, 함께 가지 않았다. 낯선 사람들과 잘 어울리질 못해서. 어느 집 외양간 옆방에서 잔 날에는 소들이 뒤척이는 소리가 들렸다.

경허, 고봉, 만공, 숭산 스님의 커다란 선맥이 흐르는 수덕사에서 잠을 잔 건 아마 주말이 막 지난 때였던 것 같다. 주말 단기 참가자들이 돌아가고 느닷없이 순례단 점검 회의가 열렸다. 주말 참가자, 단기 참가자들을 제외한, 오랫동안 순례를 해

온 사람들 사이에 무언가 이야기가 있었나 보았다. 긴급회의의 주제는 새로운 참가자, 단기 참가자와 기존 순례자들 사이의 구별, 차등이 있어야 한다, 짧게 왔다 가는 이들이 장기 순례단에게 피해를 준다, 조치가 필요하다는 것이었다. 어떤 피해 사례가 있었던 걸까, 깊이 생각해 볼 필요가 없었다. 거기 나온 사례 넷 중 셋이 내 이야기였으므로.

1. 어제 아침 누군가 샤워를 하더라. 이 추운 날 욕실도 제대로 없는 곳에서 꼭 샤워까지 해야 하나. 이런 데 와서까지 굳이 그렇게 깔끔을 떨어야 하나. 감기라도 걸리면 다른 사람에게 엄청난 피해다. 만약 스님이 감기에 옮으시기라도 하면 어떻게 할 것인가. 그 시간에는 거의 모든 사람이 자고 있었다. 기상 시간 전에 먼저 일어나 소란을 떠는 건 피곤한 순례단에게 너무나 큰 피해다.

내면의 변론: 추운 날이었다. 온수 시설이 열악해 씻는 시간이 붐빌 것 같았다. 기상 시간보다 30분 먼저 일어나 바가지로 물을 퍼서 머리를 감고, 수건을 적셔 몸을 닦았다. 샤워를 할 수 있는 물살이 아니었다. 감기는 개별적으로 순례에 참가하신 스님 한 분이 이미 걸려 있었다. 다들 극

진히 그 스님을 모셨다. 스님 이건 너무 피해입니다. 누구
도 그렇게 말하지 않았다.

2. 순례를 가장 오래하신 분한테 누나라고 부르며 바로 뒤에
서 걷고 있더라. 호칭도 그렇고, 온 지 얼마 안 된 사람이
대열 앞에 서는 건 굉장히 건방지지 않나. 순례 대열에는
엄연히 서열이 있다. 나도 스님 가까이에서 걷기까지 두
달이 걸렸다. 다들 자기 위치를 파악하고 예의를 지켰으면
좋겠다.

내면의 변론: 누군가 왜 머리가 짧은지 물어서 대답하다
보니 그 뒤에서 걷게 되었다. 나보다 열 살이 많다고, 편하
게 누나라고 부르라 해서 이 아줌마가 왜 이러실까 생각하
며 누나라 불렀다. 생명은 그렇다 치고 평화를 염원하며
걷는 사람들이 먼저 온 순서대로 서열을 매기는 건 별로
평화로운 것 같지 않다. 그리고⋯⋯, 스님이 뭐라고⋯⋯.

3. 우리나라에는 보도연맹처럼 중대한 일이 산적해 있다. 문
화 어쩌고 하는 잡담으로 순례의 정숙한 분위기를 깨는 사
람도 있다.

내면의 별론: 순례가 아니라 휴식 시간이었다. 추사 김정희 고택을 둘러보며 '불이선란'이 무슨 의미인지 아냐고, 순례 최고참 '누나'가 물으시기에, 잘 모르겠으나, 난을 그리는 것과 선정에 드는 것이 다르지 않다, 그런 경지에서 난을 그렸으니 진짜 난은 여기에 그린 게 아니다, 뭐 그런 뜻 아닐까요, 문화 초심자들의 대화였다. 보도연맹, 국민방위군이 중요한 사건이란 건 나도 안다. 그렇다고 추사 고택에 앉아 누나, 우리 보도연맹에 대해서 이야기해 볼까요, 그렇게까지 살아야 하는 건가?

나를 향한 세 지적은 모두 보도연맹 규명 단체에서 일한다는 한 남자에게서 나왔다. 저 사람이 '누나'한테 관심이 있나, 왜 저럴까 생각하고 있을 때 순례를 이끄는 스님이 회의를 정리하는 지령, 아니, 말씀을 내리셨다. 장기 순례자들은 따로 모여 '조직'의 효과적 운영을 위한 방안을 마련하라. 그 방안이란 단기 참가자들에게 가해질 제약들이었을 것이다. 뭐, 그런 거 아니었을까 추측할 수밖에 없는 건 다음 날 날이 밝자마자 상쾌하게 샤워를 하고 수덕사 절문을 나왔기 때문이다.

무주상보시無住相布施. 그게 약속한 순례 날짜를 채우지 않고 절문을 나선 이유였다. 그건 며칠 전 순례단의 대표 스님께서 하신 말씀이기도 했다. 집착 없이 내어준다. 베풀었다는 행위 안에 나를 남겨두지 않는다. 노자의 '공성이불거'와 같은 말이다. 일을 다 이루면 그곳에 머물지 않는다. 공이 쌓여도 나의 공이라 주장하지 않는다. '조직의 효율적 운영 방안' 같은 소리나 듣게 될 줄 알았다면 혼자 제주도를 걸었을 것이다. 나는 세상에 공을 쌓고 싶지도 않고, 뭔가가 쌓인다 해도 아직은 거기 눌어붙어 살고 싶다는 욕망을 느낄 수 없는 나이였다.

예산터미널까지 걸어갔다면 저녁 먹을 때가 되어 도착했을 것이다. 순례에 남았어도 그만큼은 걸었을 테니 못 걸을 거리는 아니었다. 더 이상 나의 이른 귀가를 이례적으로 받아들이지 않는 민주 가정의 너그러움 때문에라도 서둘러 집으로 돌아가서는 안 됐다. 나의 끈기를 의심하지 마시길. 끝맺음, 성취가 가능한 인간이란 걸 보여주겠어. 시내에서 하루 자고 갈까, 아니 넉넉하게 일주일 정도 안면도를 걷다 갈까? 산길을 다 내려오기도 전에 순례단의 짐을 싣고 다니던 스타렉스가 경적을 울리며 내 앞에 멈췄다.

"터미널까지 멀어요. 타세요."

"어차피 종일 걸었을 텐데요."

내 또래의 남자였다. 그는 순례단과 함께 걷지 않고 차로 미리 숙소에 도착해 있거나 그때그때 필요한 물건을 사 날랐으므로 따로 이야기해 볼 기회가 없던 사람이었다. 그가 지리산 어딘가에 산다든가, 어렸을 때부터 절에서 일을 했다는 정도만 '누나'에게 들어 알고 있었다.

"그래도 타세요. 떠나시는 것 같아 급하게 따라 온 거예요."

11월의 바람이 국도를 불어가고, 우리는 차창을 열고 안부나 떠나는 사람의 속사정 같은 말이 끼어들지 못하도록 바람 소리에 집중했다. 한 마디 의례적인 대화 없이 터미널에 도착했다.

"바람이 불면 가지가 흔들리잖아요."

시동을 끄며 나지막이, 그가 말했다.

"저는 그런 생각을 해요. 바람이 나뭇가지를 잠시 스쳐가는 것처럼 보이지만, 가지에서 새 잎이 나고, 꽃이 피고, 열매가 맺게 되면, 그 안에 바람도 들어 있다고요. 우리가 다시 만나긴 어렵겠지요? 그래도 저는 살아 있는 동안 우리 몸속에 계속해서 이 순간이 남아 있을 거라 생각해요."

그가 떠난 자리에 잠시 뜨끈한 엔진 열이 감돌았다. 예산 성당과 근대 건축 몇 곳을 둘러보고 예산 시장 근처에서 점심을 먹었다. 이곳 어딘가 잠들어 있다는 친구 생각도 몇 번인가는 했을 것이다.

집으로 돌아와 한동안 이 병원 저 병원 옮겨 다녔다. 뇌수막염이 의심된다는 사람도 있었고, 원인을 알 수 없으니 검사를 더 하자는 사람도 있었다. 검사를 받고 주사를 맞고 약을 먹고, 그것들을 다 토했다. 서 있지도 누워 있지도 못하는 고통이 2주가 넘어갈 무렵, 병원에서 돌아오는 길 문득 캔 커피가 마시고 싶어졌다. 편의점에서 우유가 든 커피를 사서 정류장에 앉았다. 혀에 닿는 쌉쌀한 감촉이 몸에 참 달았다. 눈물이 멈추기까지 몇 대의 버스를 지나쳐 보냈다.

바람이 불고, 가지가 흔들리고, 그가 나의 현실에 없는 14년이 지났다. 그는 종종 꿈에 나타나 어딘가에 숨어 있다는 전화를 한다. 나는 네가 죽은 건 알고 있어, 나한테 그런 건 이제 별 상관없어 하고 대답한다. 퇴근하고 베란다에 앉아 맥주를 마실 때면 그도 지금쯤이면 하루 일을 마치고 집으로 가고 있겠구나, 자기 아빠 장례식인 줄도 모르고 햄버거를 먹던 아이는 지금쯤 대학생이 됐을지도 모르겠구나 생각한다. 아빠와 사이는 좋을까? 대화는 자주 할까?

내가 어떤 잎을 틔우고, 어떤 꽃을 피웠는지는 아무리 갸웃거려 봐도 떠오르지 않는다. 내 삶, 아무래도 가지보다는 바람이었나 보다. 꽃도, 잎도, 열매도, 이룬 것 없이 떠날 모양이다. 생이불유生而不有, 태어나 자라게 했으나 소유하지 않는다. 나의 가족은 나를 자라나게 해 주었으나 내 생애 단 한 순간도 소유하려 하지 않았다. 의무감 없이, 죄책감도 없이 하루하루 흩날려 보내듯 살아 왔다. 가끔은 정말로 내가 세상에 머물고 있기나 한 건가, 살아 있기는 한 건가, 그의 세계와 나의 세계가 구분되지 않는다. '공성'하지 않았기에 머물거나 떠나거나 다를 게 없다. 나는 내 삶에서 이보다 더 좋은 순간을 상상하기 어렵다.

〈도덕경〉 3장

허기심虛其心·실기복實其腹

: 성인의 다스림은 마음을 비우게 하고,

배를 가득 채워준다.

# *라면인 건가:
## 꾸물거리는 삶을 먹어 다스려

*아동무지션 노래 체목에서

머리를 짧게 깎고 처음 찾아간 곳은 단식원이었다. 순례에 합류하기 한 달 전이다. 경기도 포천의 이름 대신 번지만 있는 산 중턱 단식원이었다. 왕복 한 시간의 고요하고 아름다운 산책길이 있습니다. 요가와 명상 수업으로 여러분의 몸과 마음을 한 차원 높은 단계로 고양시킵니다. 죽, 채소 같이 단식을 도울 음식이 제공되며, 욕탕과 사우나, 개인실이 있습니다. 이런 조건을 내걸고도 이용료가 매우 저렴했다. 산속, 단식원, 그래 이곳이다. 한동안 술을 너무 많이 마셨다. 얼굴과 손이 커다란 두드러기처럼 말랑말랑 부풀었다. 소시지 같은 입술이 종일 저렸다. 책을 읽고 싶었지만 머릿속을 횅하게 불어 가는 백색 소음,

생각이란 걸 할 수 없었다.

버스에서 내려 짤막한 번화가를 지나 비탈길을 오르며 드문드문 하던 민가가 사라지고, 짓다 만 건물인지 철거 직전 건물인지 분간이 안 가는 요양원을 마지막으로 산 중턱까지 차 한 대가 겨우 지나갈 시멘트 길이 이어졌다. 길 끝에 단층 시멘트 건물이 보였다. 아니야, 아니어야 해. 거리가 좁혀질수록 거부감의 강도가 높아졌으나 그 또박또박 쓰인 글자는 분명 '단식원'이었다. 칠이 바랜 철 대문을 열고, 여느 가정집 마당과 다를 바 없는 공간을 지나 올록볼록한 모루유리가 달린 현관문을 열었다. 저, 계신가요? 매우 전형적인 파마머리를 한 아줌마가 극세사 잠옷 바지에 플리스 조끼를 입고 나타났다.

"어떻게 오셨지요?"

"오늘 오기로 예약한……."

"아, 네 잘 오셨어요."

원장이라는 아줌마가 내민 간단한 입회 서류를 작성하고, 방으로 들어가 침대에 앉아 구두로 안내 사항을 들었다. 사흘간은 세 끼 죽을 먹고, 밤에 간단한 채소를 드실 수 있어요. 원하시는 분은 처음부터 물만 드시기도 해요. 명상, 요가, 산책 명상, 사우나. 하루 정해진 일과가 있고 나머지 시간은 자유롭게 보내시면 돼요. 저기 물통 보이시지요? 거실 정수기에서 물을 떠오시면 되고요, 물은 되도록 많이 드시는 게 좋아요.

　음식 없이 물만 마시기로 했다. 1인용 침대와 작은 브라운관 TV가 전부인 방안은 평온보다 궁색이 감돌았다. 침대에 누우니 공기 곳곳에서 곰팡이 냄새가 났다. 창문을 열고, 이불을 뭉쳐 베고 침대에 누웠다. 아, 무얼 해야 하나. 아무래도 이곳에서 진행한다는 모든 프로그램에 참여해야겠지? 시간을 때우려면 뭐든 해야겠지?

　오후 세 시. 요가 시간에 맞춰 '요가 명상의 방' 문을 두드렸다. 극세사 잠옷 바지를 입은 원장 아줌마가 먹던 오이를 내려놓으며 황급히 TV를 껐다.

　"무슨 일이시지요?"

　"요가 시간이라고 하셔서."

　"아, 네, 잘 오셨어요."

　'요가 명상의 방'은 원장 아줌마 부부가 쓰는 안방인 것 같았다. 아줌마와 마주보고 서서 어깨를 눌러주고 국민 체조를 변형한 듯한 아주 기초적인 스트레칭을 한 뒤 심호흡을 하고서 요가 수업을 마쳤다. 15분이나 됐을까? 물통에 물을 한가득 담아 방으로 돌아왔다.

　저녁 4시도 안 된 시간, 밖은 서서히 어두워졌다. 침대에 누웠다 일어났다, 방바닥에 앉았다 누웠다, 잠들었다 깼다 반복하다 보니 어느새 밤이 되었다. 저녁 8시 30분. 옆방에서 인기척이 나며 일일드라마가 시작하는 소리가 났다. 원장 아줌마와는 다른 목소리, 여자 둘. 과자 봉지 뜯는 소리, 귤 먹을래, 뭘 먹자는 소리, 그리고 자정까지 이어지는 드라마, 드라마, 예능. 여자들의 웃음에 곁들여 자정까지 TV를 들었다. 그간의 피로에 경청의 수고가 겹쳐 아침까지 그런대로 잘 잤다.

6시가 조금 안 된 시간. 세수를 하고, 물을 많이 마시고, 마당에 서서 '산책 명상' 시간을 기다렸다. 정각이 지나고, 10분이 지나고. 아무도 마당으로 나오지 않았다. 현관문을 열고 안에서 나는 소리에 가만 귀를 기울였지만, 옆방에서도, '요가와 명상의 방'에서도 인기척이 없었다. 혼자 문밖을 나섰다. 산책길은 보이지 않았다. 단식원 담장 끝부터는 등산로가 아니라 그냥 오르막이었다. 나무 사이, 길일 거라 추측되는 곳을 발로 헤집어 봤지만, 낙엽에 덮여 사람이 지나간 흔적은 완전히 지워졌다. 발로 낙엽을 헤치며 산중에 들어섰다. 두터운 낙엽의 아랫부분은 축축한 흙에 섞여 있었다. 여기도, 저기도, 아무래도 길이었던 적이 없는 것 같다. 이러다 길을 헤매게 되면 하루가 갈 수도 있겠다. 잘된 일일 수도 있다. 방안에 들어앉아 할 일도 없는데.

낙엽 속을 허우적댔다. 낙엽이 발목을 덮어 걷기 어려웠고, 경사가 가파라지면서 자꾸 미끄러졌다. 안 되겠다, 돌아가자 싶었지만 애초에 길을 걸어 온 것이 아니므로 방향만 비슷했지 왔던 길을 되짚어 내려가는 것 같지는 않았다. 낙엽 부스러기가 온몸에 뽀얗게 내려앉았고, 마음은 조급해졌다. 여기서 멧돼지라도 만났다가는 온 산의 낙엽을 다 걷어내지 않는 한 시체도 못 찾게 될 것 같다.

저 아래로 단식원 지붕이 내려다보였다. 미끄럼을 타듯 조심스레 비탈을 내려가자, 3층 높이 벼랑 위에 서게 되었다. 마당이 바로 아래인데, 낙엽에 감춰진 게 바위일까, 흙더미일까. 주춤주춤 낙엽더미를 가슴으로 쓸면서, 꼭 껴안으면서, 뒤로 기어 별 탈 없이 단식원 마당에 발을 디뎠다. 그 모습을 지켜 본 사람이 이 지구상에는 없을 거라고 확신했다. 절박했으나 적막했던 아침 산책 명상을 마쳤다. 옷을 털고 사우나실로 들어갔다. 세탁기, 세면대, 변기, 샤워기. 산책이 그랬듯 사우나도 이곳만의 방식이 있겠지만, 그게 무얼까? 내 눈에는 보이질 않는다. 식당에서 밥 먹다 말고 화장실 가서 샤워를 하면 이런 기분 아닐까? 먼지만 대강 닦아내고 방으로 돌아왔다.

두 시간 정도 자고 일어나자 오전 10시, 명상 시간이었다. '요가와 명상의 방' 문을 두드렸다. 인기척이 없었다. 다시 방문을 두드리니, 물 묻은 손을 극세사 잠옷 엉덩이에 닦으며 뒤에서 원장 아줌마가 나타났다.

"무슨 일이시지요?"

"명상 시간이라고 하셔서."

"아, 네, 잘 오셨어요."

예상한 대로 명상 선생님은 원장 아줌마였다. 작은 카세트 플레이어로 피리 연주 음악을 틀고, 심호흡을 하고, 따라 하세요, 쓰~읍, 숨을 참고, 후~. 아줌마의 호흡에서 김치 마늘 냄새가 났다.

"머리는 왜 깎으셨지요?"

마늘 냄새를 신경 쓰지 않으려 참았던 숨을 천천히 쉬었다.

"음, 그러니까…."

"저한테 말씀하시지 않아도 돼요. 나를 힘들게 하는 일, 나를 괴롭히는 사람, 자, 내 마음에 대고 이야기해 보세요. 심호흡을 하고, 쓰~읍, 천천히 후~. 내 마음을 바라보며, 내 마음에 이야기하세요. 네, 그렇게 잠시 계세요."

명상 선생님이 떠난 자리에 밥 냄새가 맴돌았다. 부엌으로 짐작되는 곳에서 냄비 뚜껑 여는 소리가 났다. 그리고 TV를 보던 여자 중 하나의 목소리. 언니, 그냥 먹을 거야, 앞접시에다 덜어 먹을 거야?

　방으로 가서 누웠다. 물을 많이 마시고, 화장실에 자주 다녀오고, 억지로 잠을 자고. 산책도, 요가도, 명상도 없이 컴컴한 방에 앉아 하루를 보냈다. 시간이 가고 있다는 게 기적 같았다. 저녁이 되자 다시 옆방 TV에 전원이 들어오고, 드라마, 드라마, 예능, 여자들의 웃음과 추임새. 이불을 덮어 쓰고 누웠지만, 몸 안에서 잠이 고갈되어 버렸다.

　새벽 두 시, 나의 수면은 초원을 질주하다 벼랑 앞에 급격하게 멈춰선 치타처럼 날카롭고 위태로웠다. 광고 음악. 그간 너무 익숙해서 나의 감각을 깨우기엔 너무도 무딘 자극들이 한 음, 한 음 내 신경에 축적되어 갔다. 그 노래들은 시간이 갈수록 점점 나의 본성을 할퀴고, 곤두세웠다. 그러다, 문득, 그 노래. 살아오며 무수히 들어왔던 그 음계. 한 번도 나의 주목을 끌지 못했던 그 노래가 나의 마음을 완전히 뒤엎어 버렸다.

　"솔솔솔 솔미, 파파미 파솔. 맛동산 먹고 즐거운 파티."

　참자, 이 시간에 어떻게. 이불을 뒤집어쓰고 누웠다. 하지만 떠나지 않는 잔향, 진동, 계이름, 솔솔솔, '맛동산 먹고 맛있는 파티'. 몸에서 빠른 속도록 당이 새나갔다. 식은땀이 솔솔 나고, 초조해졌다. 뭐, 땅콩에다 버무렸다고? 과자를 튀겨서 땅콩에 버무려? 그게 어떻게 맛없을 수 있어? 양손으로 뺨을 때리고, 관자놀이를 누르고, 눈을 감고 쓰~읍, 후~. 심장은 질주를 그치지 않고, 척추를 따라 오한이 흘러내렸다. 숨을 내쉬고, 또 내쉬고, 참아야 해, 이제 이틀째야. 그때 정겹게, 아니 날카롭게 나의 척추를 관통하는 음계.

"라시도, 솔~ 시도. 오뚜기 진~라면."

침대에서 튕기듯 일어났다. 옷을 입고, 주섬주섬 가방에 짐을 쳐넣고, 주머니 속 지갑을 만지작거리며 단식원의 문을 열었다. 나의 이성은 톰슨가젤을 만난 치타처럼 한 방향으로 질주했다. 오로지 먹이를 향한 본능만 남고, 시야에서 모든 풍경이 사라졌다. 컴컴한 허공에 발을 내딛었다. 맛(왼발), 동산(오른발), 먹고~(왼발), 오(오른발), 즐(왼발), 거운(오른발), 파티~(왼발), 이(오른발), 땅콩(왼발), 으로(오른발), 버무(왼발), 린(오른발), 튀김(왼발), 과자(오른발). 구령이 딱딱 맞아 떨어졌다. 한 시간 넘게 뛰어 터미널이 있는 번화가에 닿자마자 편의점으로 들어갔다. 땅콩으로 버무린, 땅콩으로 버무린, 튀김 과자, 튀김 과자를 먹어야 해. 단번에 맛동산 두 봉지와 바나나 우유 두 개를 집어 들었다. 편의점 밖 플라스틱 테이블에 앉아, 맛이 좋으니까 맛동산이지 중얼거리며 봉지를 뜯고, 바나나우유에 빨대를 꽂고, 어그적 어그적 과자를 씹었다. 바나나우유의 통통한 감촉이 듬직하고 대견스러웠다.

　여섯 시 첫차를 타고 두 시간. 막 문을 연 집 앞 마트에 들어가 삼겹살과 맥주를 사고, 조용히 현관문을 열었다. 엄마는 자고 있었다. 가방을 침대 옆에 놓고 엄마 옆에 누웠다. 일주일 뒤 오겠다며 집을 나간 아들이 이틀 만에 돌아왔으니 놀랐을 법도 하지만, 엄마는 아들의 민머리를 쓰다듬으며 눈도 뜨지 않고, 잠긴 목소리로 물었다.

　"왜, 무슨 일 있었어?"

　"어, 환청이 들려."

　"자꾸 꿈 꿔?"

　"어, 노래가 들렸어. 맛동산 먹고 즐거운 파티, 맛동산 먹고 맛있는 파티. 옆방에서 텔레비전을 틀어 놓잖아."

　웃음이 오열처럼 터져 나왔다. 엄마 베개에 얼굴을 파묻었다.

　"왜 텔레비전을 틀어 놓냐고, 짜증나게. 단식원에서 라면을 왜 끓여 먹어, 아, 진짜 짜증나, 엄마, 아줌마들이 자꾸 오이를 먹어, 시끄럽게. 텔레비전을 보면서."

　"사람은 먹어야 사는 거야. 좋은 거, 깨끗한 거를 먹고 살아야 좋은 생각을 하지."

엄마가 밥을 차리러 나갔다.

"이거 니가 사왔니?"

"어. 나 삼겹살 사왔어."

단식원에 가겠다며 나섰던 아들이 이틀 만에 아침밥으로 삼겹살을 구워 먹는 모습을 보며, 급기야 엄마의 웃음이 터졌다. 그게 내 인생에서 엄마를 가장 많이 웃게 했던 순간인 것 같다. 실기복, 배를 채우라. 마음이란 곳에는 원래 아무 뜻도 담겨 있지 않았다. 의미는 항상 내가 무언가를 저지르고 나서야 뒤따라 왔다. 내가 행한, 저지른 일의 과도한 해석, 뒤늦은 변명, 합리화, 하소연.

사는 의미를 찾게 될 때마다 나는 배를 채운다. 뜻을 억누르려고 배를 채운다. 그러면 다시 생각을 하게 되고, 내 자신이 하찮아져, 산다는 게 하찮아져 안심이 된다. 이후로도 줄곧 나는 자리를 잡지 못하고 헤맸지만, 그걸로 엄마가 걱정을 한 적은 없었다. 인도 여행을 한다고 떠났을 때도, 시민운동을 해 보겠다고 이런저런 단체를 기웃거릴 때도, 엄마는 걱정하지 않았다. 내 앞날에 한숨 짓는 누나, 형을 안심시켰다.

"쟤는 좋은 거 잘 먹어야 만족하는 애야. 절대 고생할 애가 아니야."

지금도 변변한 직업 없이 책이나 읽고 쓰는 나를 보면서도 엄마는 걱정하지 않는다.

"괜찮아, 쟤는 뭘 하든 굶으면서까지 할 애는 아니야."

〈도덕경〉 20장

속인찰찰俗人察察 아독민민我獨悶悶

: 세상 사람들은 잘도 살피는데,

나만 유독 답답하구나.

# 굽은 나무:
# 나는 무엇을 쓰고자 했던 걸까

변변한 직업을 가져보려 애쓰지 않았다고 해서, 내가 다른 사람들보다 더 고귀하고 고상한 삶을 추구하고 산 건 아니다. 이것만큼은, 하며 특별히 어딘가에 가치를 두지도 않았고, 절대로 이것만큼은, 하며 자존심의 배수진을 설정해 놓지도 않았다. 학생 때는 장래희망 같은 걸 갖고 있어야 진학 상담을 할 수 있었기에 교사에게 던져 줄 '목표 지점' 하나는 갖고 살았다. 그러다 정작 고3이 되어선 자기 반 학생 얼굴도 못 알아보는 담임을 만나는 바람에 그때그때 모의고사 점수따라 철학과에서 법학과까지 성적 배치표에 손가락을 짚어주며 그가 할당된 업무를 일찍 마치도록 도울 수 있었다. 그러면서 내 삶의 방향 또

한 최종 결정을 차일피일 미뤄왔다. 미루면서 자연스럽게, 미루는 게 아니라 할 수 있는 게 없다는 것을 알게 되었다. 나로선 그거라도 알아차린 게 다행이었다. 목표 지향적으로 총명하게 사는 건 애초부터 내 능력 밖의 일이었다.

뭔가를 써 보겠다는 생각을 하게 된 것도 마음에 추구하는 바가 있어서는 아니었다. 발단은 내가 받은 수능 성적에 행운이 보태지면 서울 중위권 대학의 법대를 쓸 수 있을 것 같아 담임과 말을 맞추고 왔는데, 민주 가정의 회의에서 그 합의를 결렬시킨 사건이었다. 인간에게 주어진 가장 아름다운 20대의 날들을 어둡고 눅눅한 고시원에서 보내서는 안 된다는 대전제가 세워졌고, 거기에 현실적인 부분이 보태지다 보니 국문과로 낙점되었다. 덕분에 20대 내내 해가 잘 들어오는 벌판을 헤매다닐 수 있었다. 20대 후반이 되어 누구든 현관문을 넘어서면 아뿔싸, 동정을 터뜨리고 마는 3분의 2 지하 어둡고 눅눅한 자취방에 살게 된 것도 자연스러운 인과였다.

대학 졸업도 못했고, 입사 서류에 쓸 만한 변변한 경력 한 줄이 없으니 할 수 있는 건 과외 아르바이트뿐이었다. 그게 업으로 굳어가던 시점, 시인이자 교수였던 선배가 범계역에 있는 IT회사 홍보팀에 나를 소개해 주었다. 누누이 들은 바, 오늘은 간단한 인사, 내일은 출근. 입사가 확정된 면접이었다. 그게 나의 첫 번째 면접 탈락 경험이었다. 도대체 그 따위로 면접을 보는 놈이 어디 있냐, 핀잔을 주는 선배의 전화를 받으면서도 '그따위'가 만들어진 지점이 어디였는지 도무지 감을 잡지 못했다.

"형, 근데 그따위라는 게 어느 부분이었나요?"

"너 인마, 네가 되물었다며? 네가 뭔데 면접관한테 되물어?"

인사만 한다던 면접관들이었으나, 자기들 회사의 비전이나 방향 같은 것, 회사 홈페이지에 나온 것 정도는 물어 볼 거라 생각해, 회사 소개 몇 줄을 외워 갔다. 여기까지는 준비된 사원, 화기애애했다. 마지막 질문은 내 입사의 동아줄, 나를 소개한 선배의 고등학교 선배라는 분이었다.

"여기 굽은 나무 한 그루가 있어요. 어떻게 하면 굽은 나무라고 생각하지 않을 수 있을까요?"

뭐지, 편하게 이야기하다 오면 된다면서? 이 사람이 왜 나를 가장 힘들게 하는 거지?

"굽었다, 굽지 않았다, 사람마다 기준이 있겠지요. 어디서부터 '굽었다'로 규정되는지 확정하려면 사람마다 기준이 동일해야 하는데, 굽은 정도는 모두 상대적일 수밖에 없어요. 그러므로 그 기준, 임계점을 계속해서 뒤로 미루는 겁니다. 굽었다는 판단을 계속 보류하다 보면 어느 시점에는 '판단중지' 상태에 이르게 되지요. 굽었다는 사실은 사실 그대로 남아 있겠지만, 적어도 굽었다는 판단은 멈추게 되는 겁니다. 바깥 사물은 제 인식, 판단과 별개로 존재하므로 외부의 개별적인 존재가 굽었다거나, 곧다거나, 제가 판단할 필요가 없는 거지요. 판단하지 않으면 그만입니다. 그러나 제 생각에 이런 대답은 그저 대답을 위한 형이상학적인 말놀이에 불과하고, 애초에 굽었든 안 굽었든, 그건 제가 나무를 보는 기준이 아닙니다. 굳이 굽었다는 게 무슨 의미인가 생각해 보면 저한테는 그게 대개 멋지다, 아름답다라는 관념에 가깝습니다."

잠시 정적. 말을 더 해야 하나? 그래서 물었다.

"회사 면접 자리에서 이런 질문이 오가는 게 흔한 일인가요? 그렇다면 아마도 적절한 대답이 따로 있었을 것 같네요. 제 나름 대답을 하긴 했는데, 대답이 너무 형이상학적이었지요?"

형이상학, 내 인생에 그 단어를 입 밖으로 발음해 본 게 몇 번이나 된다고, 왜 그런 단어를 내뱉었을까, 간지럽다, 부끄럽다, 스스로 뺨을 후려치고 싶었지만, 나의 '그따위'는 단어 선택보다는 되묻는 행동에 있었다.

두 번째 면접 탈락의 과정도 매우 흡사했다. 또 다른 선배의 절대적 합격 보장으로 진보 문화단체에 면접을 보러 갔다.

면접 끝나고 같이 낮술이나 한 잔 하자. 내일부터 나와 일해. 요새 너무 바빠. 그게 그날의 수순이었다.

"어떤 작가를 좋아합니까?"

단체의 대표가 물었다.

"성석제, 윤동주, 백석을 좋아하는데, 요새는 박민규 소설을 읽고 있습니다. 단편들이 꽤 재밌어요."

"그리고요?"

"사실은 외국 작가의 글을 더 좋아합니다. 슈테판 츠바이크, 조지 오웰. 이분들이 쓴 에세이나 평전을 가장 좋아합니다."

"음… 그리고요?"

"마르께스나 이탈로 칼리노 같이 환상과 현실이 구분이 되지 않는 소설도 많이 읽습니다."

"또 없어요?"

"제가 대답하길 원하는 작가가 따로 있으신가요? 황석영, 고은 같은?"

"아니, 그런 건 아니에요."

면접은 끝났고, 낮술은 없었다. 누가 '저따위' 인간을 불러온 거냐고, 선배가 욕을 많이 먹었다고 했다. 나는 조직 사회에선 '그따위' 대답이나 하는 '저따위' 인간이라 판명 났다. 인간 사회 생물학 종 구분에서 굽은 나무 종으로 처분되었던 것이다. 사회생활은 텄고, 뭔가를 쓰면서 공복을 참아 보자 머리를 싸맬 의지를 다졌지만, 머리를 싸매는 이유는 오로지 숙취였다.

뭔가 처음 써 보려 시도했던 장르는 여행이 아니라 음악이었다. 평론까지는 아니고, 음반을 사면 그 안에 들어 있는 음반 소개 글 정도를 목표로 삼았다. 이 음악인이 어느 동네에서 자랐고, 언제 데뷔, 혹은 결성되었고, 지난 앨범이 몇 장 팔렸고, 빌보드 몇 위까지 올랐고, 어떤 음악인의 영향을 받았으며, 누구의 음악을 떠오르게 한다 등등. 이어 각 곡의 감상평. 중요한 건 장르 분포인데, 포크, 포크록, 하드록, 펑크, 아트록, 헤비메탈, 데스메탈, 고스메탈, 바로크, 스피드, 심포니, 영국 모던, 그런지, 하드코어, 이모코어, 인더스트리얼, 글램, 사이키델릭, 프로그래시브, 슈게이징, 개러지, 쟁글. 장르 분류표에 적절하게 배치시키거나, 이도 저도 모호할 때는 새 이름을 만든다. 분류를 위한 서술만 하면 될 뿐, 음악 자체를 분석할 필요까진 없다. 직업, 꿈, 목표, 성공적 삶이란 사회 분류 체계 안에 분포되는 것이므로, 음악가도 예술가라는 칭호와는 별도로 시장에 자리매김하고 싶다면 적절한 분류 '학명'을 부여받아야 한다. 매우 명쾌한 시스템이었다.

음악 평론가들이 주도하는 스터디, 세미나, 강연, 기획 공연을 따라 다니고, 음악사 책을 형광펜으로 색칠하고, 새 음반을 사서 들으며 한 편, 두 편, 소개 글을 써 보았다. 한 줄 한 줄, 한 편 한 편, 음악 분야와 나 사이에 담이 높아 갔다. 본래부터 높았던 벽을 실감했다는 게 맞겠다. 알고는 있었지만, 나는 음악이 어떻게 구성되는지, 귀로도, 머리로도 알지 못했고, 악기도 다룰 줄 몰랐고, 악보를 읽을 줄도 몰랐다. 음악을 배우지 않은 사람이 귀에 들리는 대로 음악을 규정하고 평가해도 되는 것일까? 음악을 많이 듣는 것과 음악을 아는 것은 아무 상관이 없는 듯했다. 그래, 허구한 날 복싱 경기만 처다본다고 내가 날아오는 주먹을 가볍게 흘리고 사각으로 빠져 상대에게 일격을 가하게 될 리가 없잖아? 음악이라고 다르겠어? 다음으로 생각한 것이 시, 소설 같은 신춘문예였다.

분야를 바꾼다고 본질적인 문제가 해결되진 않았다. 음악같이 다른 사람의 창작물을 해석하는 일은 아니지만, 글자를 쓴다는 것과 그것이 문학이 된다는 건 완전히 다른 문제였다. 소설도 시도 문학적 감성, 예술적인 면에는 전혀 다가갈 수가 없었다. 국문과에 돈을 냈으니 책이야 읽을 만큼 읽어 왔지만, 새로운 걸 써도 될 만큼 읽은 건 아니었다. 좋아하는 작가도 있고, 작품도 있었지만, 좋아하는 걸로 치자면 존 레논도, 차이코프스키도, 에릭 사티도 다 마찬가지다. 낙선, 낙방, 나의 아테네대학 원서처럼 제대로 접수는 되었는지, 우편 회로 어딘가에서 사라져 버렸는지, 내가 문학에 투신할 기회는 오지 않았다. 그 시기를 지나며 겨우 인식하게 된 사실은 내가 어느 분류표에 있느냐가 아니라 어느 분류표의 책들을 고르는지였다. 자서전, 평전, 종교, 1순위. 아이스크림, 커피, 맥주, 쌀은 어쩌다 먹게 되었는가 같은 생활사들이 2순위.

평전, 자서전에 자주 손이 가게 된 건 친구 누나 책장에서 〈간디 자서전〉을 훔쳐 읽고 나서였다. 자서전 속 간디는 이름만 '마하트마'였지 위대한 면모가 전혀 없었다. 마음이 좁고, 의존적이며, 귀가 얇고, 딱히 잘한다 싶은 게 없었다. 인류가 칭송하는 위대한 여정은 자기도 모르게 떠밀리듯 밟게 된 것이고, 그 과정을 위대하게 마무리하고서도 자기 삶을 실험 정도로 두었다. 위대하게 태어나지 않았으나, 위대한 사람이 되어가는 과정에서 스스로는 자기 자신이 답답해 미치겠다는 투로 일관한다. 얼마나 위안이 되는 이야기인가. 그런 책들을 읽다가 뭔가 더 강렬하게 그 삶에 가까이 가고 싶어질 땐 그들의 무덤을 찾아갔다. 인도의 간디, 파리의 사르트르, 오베르쉬르우아즈의 고흐, 오슬로의 입센.

글 쓰는 일로 돈을 벌기는 어렵겠다는 자각이 들 때쯤, 그 깨달음, 느낌과는 별도로 두 번째 면접을 개판 치고 나왔던 곳에서 50만 원 비정규직으로 일하겠냐고 연락이 왔다. 이것만큼은, 하는 자존심이 없었으므로 덥석 받아들고, 주 3회 출근이라는 계약을 어기고 일주일 내내 일했다. 한 주에 한두 권 책 리뷰를 쓰고, 문고본 책을 만들고, 그때그때 편집장이 쓰라는 기사를 쓰고, 전시회, 공연, 회의 심부름을 했다. 일주일에 열 권 이상의 책이 사무실로 배달되어 왔고, 별도로 내가 사고 싶은 책은 법인 카드로 샀다. 문고본 책을 기획한답시고 정독 도서관에 가 앉아 있다가 저녁쯤 교보문고에서 책을 한 권 사서 사무실로 들어갔다. 서평은 보도 자료를 편집하면 됐기에 굳이 책을 다 읽을 필요가 없었다. 일을 시작하고 얼마 안 돼 괜한 의욕에 보도 자료와 관련 없이 책을 열심히 읽고 썼다가, 책 내용도 제대로 파악 못했으면서 무슨 기사를 쓰느냐는 출판사 담당자의 항의 메일을 받은 적이 있었다. 이후로는 출판사에서 보내오는 홍보 문구에 철저하게 의존했고, 친절하게 주요 부분에 줄을 쳐서 보내는 출판사 위주로 기사를 썼다.

한국 기독교의 권력화 현상, 신자유주의는 인문학에 어떤 영향을 미치는가, 이런 유의 문고본 책 11권을 기획하고 편집하며 알게 된 건, 저자를 잘 만나야 한다는 것이었다. 광흥창 역

앞에서 〈시장권력과 인문정신〉의 저자 이명원 선생에게 마지막 교정 원고를 받고 돌아오며, 쭈뼛쭈뼛 에필로그가 있으면 좋을 것 같기도 한데요, 하고 사무실로 돌아왔더니 그새 글이 도착해 있더라는 매우 충격적이고 전설적인 일화가 있다. 심지어 그 글이 지금껏 내 책꽂이 안의 명문, 첫 순위로 꼽힌다. 글을 잘 쓰는 사람을 만나면 편집이 아니라 감상이었다. 하지만 저자 잘 만나는 확률은 20% 정도? 원고가 마감되면 대개 '빨간 펜' 선생님의 마음으로 일을 했다. 출판사 직원들이 왜 자기가 세상에서 글을 가장 잘 쓰는 사람이라는 착각에 빠지게 되는지 이해가 갔다. 책은 편집자가 저자에게 주는 선물이기도 했다. 하지만 누군가가 집약한 생각의 덩어리가 가공 공정을 거친다고 해서 생각 자체가 변하지는 않는다. 어떤 식으로 가공할 것이냐, 편집의 방향은 있지만, 그게 판매에 영향도 주겠지만, 책의 가치에는 조금의 영향도 미치지 못한다.

낮은 확률에 지쳐 일을 그만둔 건 아니었다. 각종 횡령과 배임 사건이 들키지 않았다면 지금 이 나이까지 셀럽 에세이 리뷰나 쓰며 살았을지 모른다. 사건은 터졌고, 감사원 조사관이 확신을 갖고 한 사람을 범인으로 지목했고, 나는 주요 참고인이었다. 관련 직원들이 불려가 면담을 했다는 얘기는 들었지만, 감사원 조사관이 자기 동네 횟집으로 데려갔다는 얘기는 못 들었다. 성북동 최순우 옛집 건너편, 선잠단지 근처 횟집이었다. 그 조사관이 나를 동네 후배쯤으로 여겼는지 광어회를 시켜 놓고 김영삼 시절부터 감사원에서 활약해 온 자신의 매서운 이력을 읊어 주다가, 내가 겁이 아니라 재미를 느낀다는 낌새를 알아차리고서는 자신의 친척이라는 화가 이름을 대며 알고 보면 우리가 다 문화계 인맥으로 얽혀 있다, 인연을 엮으면서 소주를 따라 주는데, 이분이 나를 잘 파악했던 거다. 밀린 월급이 6개월이 넘었던 내가 두려워했던 건 생활비지 감사원이 아니었다. 나는 본격적으로 소주 대신 맥주를 시켰고, 광어 말고 다른 거 뭐 없나 메뉴판을 살폈다.

"죄송합니다. 제가 소주를 못 마시거든요. 오늘 소주를 마셔서 빨리 취해 가는데, 여기가 어디쯤인가요? 가까운 지하철역이 어디지요?"

"동생, 걱정하지 마. 내가 여기까지 오게 했는데 택시비도 안 줘서 보내겠어?"

이분이 나를 정말로 잘 파악한 거다. 나는 술 마시고 알아서 택시를 불러주는 사람의 인격을 의심해 본 적이 없었다.

"자, 한 잔 하고 아는 거 말해 봐."

"어디까지 아시는지 말씀해 주시면, 제 심증을 말씀드릴 수 있을 것 같은데요."

아는 것은 다 말했다. 그가 '이건 틀림없다'고 하면 그랬군요, 제가 괜한 의심을 한 게 아니었네요, 혼자만의 속앓이를 토로하듯 맞장구를 쳤다.

"자, 그럼 그만 일어날까? 고맙네, 동생. 이제 자네는 검찰 조사를 받게 될 거야. 검찰은 나 같지는 않을 거야. 내가 마음이 안 좋구먼."

뭐, 됐다. 택시비도 받았는데. 그리고 한 달 뒤 검찰청에 불려갔다. 검찰청 사람들도 회에 소주만 없었다 뿐이지 퍽이나 진지하고 애틋한 대화를 나눌 줄 아는 사람들이었다. 물론 그런 대화는 아주 간간이, 짧게 이어지고, 대부분의 시간은, 그러니까 5시간 정도는 조사관의 모니터 뒷면을 바라보며 가만 앉아 있었다. 아무것도 묻지 않고, 아무것도 강요하지 않으나, 아무 일도 할 수 없는 5시간. 조사는 마무리되었고, 검사가 요목조목 나의 진술서를 되짚었다. 한 가지 빠진 건 진술이 아니라 직업란이었는데, 당시 직업이 없어 직업란을 비워두었더니 검사가 정말 직업이 없냐고 물었다.

"네"

"그럼 요즘 뭘 하고 지내세요?"

"어떤 출판사에 여행 원고를 보냈는데, 그게 출간이 될 수 있을지는 모르겠네요."

"그럼 작가시네요."

"아니요. 이게 정말 책으로 나올 수 있을지는 모르겠어요."

"책이 나왔냐, 안 나왔냐가 중요한 게 아니라 지금 쓰고 있다는 게 중요한 거지요. 글을 쓰고 있으면 작가 아닌가요?"

비어 있던 공란에 '작가'라는 글자가 채워졌다. 그리하여 나는 검찰청 등단 1호 작가가 된 것이다. 1년 뒤 책도 나오긴 했다. 가이드북 네 번만 정독하면 누구나 쓸 수 있는 여행 책이라 좋은 책이라는 얘기는 집에서도 못 들었다. 이후 여행 책을 네 권인가 더 썼지만, 다 잘 되지 않았다. 판매에서도, 평가에서도. 올해 초에는 여행과 딱히 상관없는 책을 썼는데, 그러다 보니 다시 나란 인간이 뭐하는 사람인지, 과연 직업란에 무슨 글자를 채워야 하는지 다시 헷갈리기도 했다. 지금껏 무엇을 추구하고 산 건가. 아이를 키우고 회사에서 관리자가 되어 가고 있는 친구들을 보면 세상이 나에게 의무감, 책임감을 부여하길 주저하는구나 하는 생각도 든다. 그야말로 무특기자로서 목적 없이 살아 왔고, 이뤄 놓은 공이 없고, 당연히 세상 어떤 분류표에도 분포되지 못했다. 직업 없이, 그냥 내 삶이 직업인 채 살아왔다. 고양이 두 마리가 의도치 않게 내 삶에 들어와 있긴 하지만, 알아서 놀고, 주로 나를 거들떠도 안 보며, 나에게 기대지 않고 숙면에 들었다가, 나의 숙면에 개의치 않고 얼굴을 넘어 다닌다.

속인찰찰 아독민민, 세상 사람들 모두 자신의 삶과 생활을 살피고 총명하고 어른스럽게 살아간다. 거기에 비해 나는 유독 가진 것 없이 무능하고 답답하게 살아간다. 숱한 〈도덕경〉이 해석하듯, 이 구절은 도를 구하는 사람들의 고독한 상황을 묘사한다. 다들 잇속에 밝고 꽃놀이에 나가 고기나 뜯으며 즐거워하는데, 나는 왜 이다지도 외롭고 궁색한 방안에 앉아 고집스럽게 살아가는 건가. 아, 그건 아마도 나만 유독 도를 구하기 때문이지.

꽃놀이 속에서 허우적대며 살아오며 알 게 된 건, 봄놀이에 즐거워하는 사람들 역시 각자의 도드라진 외로움을 견디고 산다는 것이다. 고독은 도를 숭상하는 인간들만의 위대한 내면이 아니더라는 거다. 세상은 떠들썩한데, 내 마음은 적적하기만 하구나. 나 이외 사람들 모두가 계산에 밝아 가진 것을 늘려가는데 나 홀로 한적한 삶을 살아가는구나. 하지만 내가 스친 떠들썩한 사람들은 다들 자신들의 즐거움과 고독을 엎치락뒤치락하며 살아가고 있었다.

두 번째 책이 예상된 실패의 여정을 밟고 있을 때였다. 3분의 2 지하방 눅눅한 침대에서 11시 너머까지 이불에 말려 있던 나의 종아리를 쓰다듬으며 엄마가 내가 깰길 기다리고 있었다. 그리고는 조카가 유치원에서 올 때가 됐다며 후다닥 반찬통에 든 것들을 어떤 순서로 먹어야 하는지 설명해 주고선, 빛 가운데로 올라섰다. 합정역까지 같이 걸어가는 길, 엄마가 말했다.

"너 자신을 대단하다고 생각하지 마. 사람 사는 모습 다 똑같아. 다 그만그만한 직업 찾아서, 연애하고, 결혼하고 아이 키우면서 늙는 거야. 너를 특별한 사람으로 생각하면 네 마음만 힘들어져."

내 실망, 내 고독은 내 무능이 아니라 내 기대에서 자라났고, 나는 오랫동안 그 기대를 붙들고 놓지 않았다. 그게 내 생의 의지였다. 나는 노자가 인간을 도에 가까운 사람과 도와 멀리 떨어진 속인俗人으로 이분화했다고 생각하지는 않는다. 화기광, 동기진. 그게 노자가 일러 준 도의 자리였다. 〈도덕경〉을 해석하는 사람들은 삶이 아니라 철학이라는 학문으로 자신을 증명해 왔을 뿐이므로 스스로를 외롭고 높고 쓸쓸한 자리에 분류하고 싶었을 것이다. 나만 외롭고 바보 같다는 감정을 토로하는 사람들이 내심 상대에게 원하는 대답은 "그러니까 당신은 특별하다"는 헌사가 아니었을까 싶다. 축제는 즐기는 거지 분석하는 게 아니다. 나는 뚜렷한 목적과 의지를 내 보인 적도 없고 권력을 상상해 본 적도 없는 사람들과 거울 보듯 살아왔다. 어쩌다 보니 광어 대신 참치를 먹는 횟수가 늘었고, 한 해 한 해 소고기 등급을 높여 오긴 했으나, 그게 잇속에 밝아서는 아니었다. 세상 고독을 홀로 짊어지고 갈 생각이 없다 보니 나 홀로 호젓하게 살아오지는 못했다. 그렇다고 내가 어느 분류표에 들어가 있는지 알게 된 것도 아니다.

세상을 잘 살피는 속인은 내 곁의 나 닮은 사람들이 아니었다. 세상이 현명하다고 말하고, 스스로도 현명하다고 믿는 사람들. 오래전 소크라테스도 만난 적 있는, 스스로 지혜롭다고 생각하는 사람들. 그들이 속인이었고, 현명한 말씨 뒤에서 세상을 살펴 잇속을 잘도 챙겨 왔다. 노자는 그런 속인들을 향해 큰 소를 잡아 희희낙락 잔치를 벌이고 화사한 봄날 누각에 올라 꽃놀이를 벌이는 자들이라며, 지치고 돌아갈 곳 없는 자신의 처지와 대비시켰다. 나는 이 구절에서의 속인이 출퇴근 시간에 엘리베이터 안에서 나와 뒤섞이는 사람들로 생각되지 않는다. 회식으로 등심은 먹을지언정 소를 잡아 누각에 오를 수는 없는 사람들이다. 〈도덕경〉 20장은 절학무우絶學无憂, 배움과 단절되면 근심이 끊어진다는 말로 시작되는데, 여기서 '學', 배움은 근심 '憂'를 일으키는 원인이다. 학문이라는 것, 세상 사람들이 현명하다 생각하는 사람들의 주장에 등을 돌리면 근심 걱정이 사라진다. 수많은 경제적 조언, 정치적 판단, 철학, 인문, 역사, 교양, 이런 것들이 나를 자유롭게 해 주었던가? 물론 노자의 말들이 나의 생각을 자유롭게 해 주는 건 아니지만, 노자는 내가 자유롭지 못한 이유, 어디에 속박되어 있는지를 드러내 준다. 누가 나를 구속해 왔던가? 나 자신이다. 나 자신을 형성한 것은 무엇인가? 그것은 세상을 잘 알고 있다고, 잘 살피고 있다고 세상이 추앙하고, 스스로도 그렇게 생각하는 현명한 사람들, 그들이 들려 준 어미 새의 울음소리였다. 나도 그 울음소리를 똑같이 낼 수 있다고 기대하며 살았던 것이다.

〈도덕경〉 12장

오색영인목맹五色令人目盲

: 다양한 색은 사람의 눈을 멀게 한다.

# 어미 새 다섯 마리:
# 늙은 교수의 강의를 들으러 간다

내 육체에 확정된 병명을 연대순으로 나열하면, 녹색색맹, 비염, 비만 순이다. 간은 기적적으로 잘 버티고 있고, 시력은 그런대로 1점대를 상회하고 있다. 비만은 아주 오랜 기간을 두고 한 모금, 한 모금 차근차근 얻게 된 것이라 어떻게 대처해야 하나 손을 못 쓰고 있고, 도심에 살고 있으니만큼 비염은 정말 심각하다. 여기까지는 다 납득이 된다. 하지만 녹색색맹이란 게 내 몸에 실재하는 병명이라 생각할 수 없었다. 초등학교 1학년 때 담임교사가 색약 검사표의 그림을 재빨리 따라 가지 못한다고 제멋대로 기록해 놓은 심술이 분명했다. 이후 11번의 학교 신체검사, 한 번의 군대 신체검사를 거치는 동안 '녹색'이 내 시야를 막아선 적이 없었다. 산에서 풀색 군복을 입은 동료들과 때맞춰 근무교대만 잘 해 왔는데, 그 교사 정말 어디서 그런 단어는 주워들었던 걸까. 교사인지 학부모인지 구분 안 갈 정도로 복도에서 자주 마주치는 어머니의 아들딸이 아니면 사람 취급을 안 하던 교사였기에 그가 사랑한 제자들은 대개 돈 많은 집에서 태어난 중간 정도 성적의 아이들이었다. 그 어머니의 아들딸이 아니면 초등학교 1학년이건 2학년이건 사소한 이유로 사정없이 뺨을 후려 갈겼다. 뺨도 갈기는데 색맹 진단 같은 거야 아무런 죄책감도 들지 않았을 것이다.

녹색색맹 진단 후 30년의 세월이 흘러, 불현듯 학생 기록부에 적혀 있던 그 병명이 현실로 다가오는 사건이 발생했다. 새 집의 인테리어에 맞게 청록색 소파를 주문했는데, 배달되어 온 소파를 보고 같이 사는 사람이 이게 청록색이 맞느냐 추궁을 해 온 것이다. 모니터 화면에서 빚어지기 마련인 약간의 왜곡으로 정도의 차이야 있을 수 있지만, 이 소파는 분명 내가 의도한 '바로 그 색'과 같은 계열에 있다, 이건 청록색 소파다. 양보 없이 3년을 버텼다. 그리고 다시 이사를 하며 청록색 소파를 어느 헤비한 록커의 작업실에 기증했는데, 생각지도 못한 감사 인사를 받게 되었다.

"파란 소파가 저희 작업실과 잘 어울려요. 감사합니다."

파란색이라고? 나의 청록색 소파에서 수없이 많은 맥주 캔을 구겼던 친구들에게 소파의 정확한 색에 관한 자료를 수집했다. 우리 집 소파 기억나? 사진 찍은 거 있지? 너는 그게 무슨 색 같냐? 그 결과 완전무결한 파란색으로 밝혀졌다. 덤으로 사람들이 나에게 공통적으로 갖고 있던 생각도 뒤늦게 전해 들었다.

"너, 색 구분 못하잖아."

내가? 그럴 리 없다. 녹색, 청색을 구분 못하는 게 아니다. 길도 잘 건너고, 녹차, 홍차, 우유 잘만 골라 마신다. 다만, 그것들이 섞여 있을 때 나의 뇌는 그것들을 구분해서 보지 않고 대략적인 평균을 내어 한 단어로 이미지화해 왔던 것이다. '녹색이야', 혹은 '파란색이야'. 많은 색은 나의 눈을 멀게 한다. 누군가의 의도에 속아 넘어가서가 아니라 나의 뇌가 그 시각 정보들을 단순화하거나 왜곡해서 마치 바깥에서 막 입수한 정보처럼 보게 하는 음모를 꾸민다. 다른 사람이 아니라, 나, 오직 스스로를 속이기 위해. 고양이가 동공에 미리 흡수해 둔 빛을 발산하며 어둠 속을 달리듯, 나는 스스로 조작한 현실을 외부로 투사시켰던 것이다.

한 가지 색에 관련한 '매우' 사소한 장애이기에 나는 약간의 '이상 증세가 유지되는' 선에서 정상적으로 살고 있다.

오색, 갖가지 색에 노출되면 인간의 눈이 흐려진다. 색, 맛도 마찬가지고, 정보, 지식, 의견도 그렇다. 남발되는 정보 앞에서 인간은 판단력을 잃는다. 그래서 노출을 최소화해야 하는가? 아니다. 그러면 더욱 살아가기 힘든 세상이다. 세상을 견디는 힘은 단위 시간당 얼마나 많은 정보를 처리했는가로 측정된다. 더 많은 노출이 필요하고, 그런 만큼 그 정보의 진위를 파악하고 거르고 목록화하는 능력을 극대화해야 한다. 그게 내가 생각하는 젠더, 인종, 종교 문제를 접근하는 방식이다. 내가 초중고를 나온 도시는 미군부대 주둔지였기에 어려서부터 백인, 히스패닉, 흑인과 뒤섞여 살았다. 90년대 후반이 되면서 도시 외곽 공장 지대에 동남아, 아프리카 노동자들이 들어왔고, 무슬림도 적지 않았다. 어린 나이부터 인종적, 종교적 거부감 없이 그들과 한 장소에서 먹고 마셨다. 인종의 벽은 도리어 유럽 여행을 다니며 나에게 닿는 외부 시선에서 처음 느꼈다.

나를 가장 오래 괴롭힌 편견은 게이, 성소수자에 관한 정보 처리였다. 생각만으로 거부의 몸짓, 메스꺼움이 생겨났다. 그 증상이 조금씩 완화되기 시작한 건 좋아하는 작가로 조르주 페렉의 이름을 댔다가 원래 받기로 한 월급의 3분의 1만 받고 들어가게 된 회사에서였다.

회사 가까이 있는 낙원상가에서 퀴어영화제가 열렸다. 영화 담당자들이 부산영화제, 전주영화제, 부천영화제를 독점하고 있었기에, 이번 영화제는 내가 가겠다고 우겼다. 영화 담당도 아니면서 자원해서 취재를 갔다. 영화제 부스에서 나눠주는 티셔츠로 갈아입고, 언론 명찰을 달고 영화제 시작을 기다리는데, 뭔가가 감지되기는 했으나 그게 무엇인지는 알지 못했다. 무얼까, 이 외로움, 나 혼자 동떨어진 듯한, 이방인이 된 듯한 감각.

개막작을 보고, GV를 보고, 퀴어영화제의 퀴어가 영화적 실험에서 나오는 이상함이 아니라 성소수자를 다룬 영화를 뜻하는 것이었음을 그제야 알았다. 그래도 이런저런 영화를, 사실은, 매우 힘들게 보았고, 참고할 만한 책을 읽었고, 기사를 썼다. 문래동에서 동네 잡지를 만들 때는 퀴어영화 〈종로의 기적〉 상영회를 하고, '사람들은 제가 뚱뚱하다고 게이가 아닌 줄 알아요.' 하고 자신을 소개한 감독과 GV도 진행했다. 상영회 뒤풀이에서는 실로 많은 관련자들을 만났다. 나의 거부감은 전적으로 노출의 문제였다. 게이든 드래그 퀸이든 아는 사람 하나 있으면 그 모든 거부감이 해소된다. 다만 그중에서도 나쁜 놈은 있고, 착취자도 있다는 걸 인정하기까지 또 오랜 시간이 걸렸다. 소수자들은 착하다, 피해자다, 진보적이다, 다른 소수자와 연대한다, 이런 생각을 수정하길 꺼리다 사기성 농후한 게이에게 노출되고 나서야 다 같은 인간이지 남들의 이해를 구해야 하는 인간 부류가 따로 있는 게 아니라는 생각을 하게 되었다.

그러니까 정보가 많다는 것도, 거기에 하염없이 노출된다는 것도 인간이 처한 문제는 아니었다. 나를 어지럽게 한 문제는 전부 분류와 해석에서 발생했다. 휴머니스트 출판사에서 나온 〈도덕경〉은 오색五色의 의미를 내가 기존에 읽었던 책들과는 달리 해석한다.

"노자는 무수히 많은 자연의 색깔과 소리와 맛이 있음에도 이를 다섯 가지로 한정하여 그것만을 인정하려는 인간의 어리석음을 비판한다."

오색이 '다양한'이 아닌 오로지 '다섯 가지'라는 뜻으로 해석된다는 것이다. 세상에는 더 많은 게 있는데 왜 다섯 개만 보느냐, 왜 삶을 좁은 영역에 한정시키는가, 넓은 시야, 마음을 가져라. 나쁜 말은 아니다. 오색五色, 오미五味, 오음五音이 드넓은 세상에서 '오지선다'에만 의지해 살아가는 사람을 비판하는 소리라고 하면, 그래 나를 되도록 다양한 상황에 노출시켜야

해 하며 살아왔던 시간들이 다 도에 근접해 가는 과정이었군, 자부심을 느낄 만도 하다.

오색영롱이란 단어가 있다. 여러 빛이 섞여 찬란하다. 반드시 다섯 가지 색이 섞여야 한다는 의미는 아니다. 여기서 오五는 숫자가 아니라 여럿을 의미한다. 五가 '여럿'의 관용적 표현으로 쓰인 건 진나라 이후, 약 2200년 전부터라고 한다. 그런데 만약 오五가 오로지 5인 해석으로 〈도덕경〉을 처음 접한 사람이라면, 그가 겪는 곤란은 내가 겪는 곤란의 정확히 반대 지점에 있게 된다. 그는 5에서 다多로, 나는 다多에서 5로 서로의 생각을 좁혀 가야 한다. 그러나 이 정도의 대립 지점에 놓인 사람들이라면 좁히기보다는 마주치길 꺼려하며 살아갈 것이다.

어떤 시각, 해석, 관점, 세계관이 주어지면 그 이외의 것을 보기 위해 실로 많은 감정적인 역경을 겪어야 한다. '대구'라는 지역적 요소와 '광주'라는 지역적 요소가 역사 해석과 정치적 판단에서 만나면 당당하게 서로를 몰아 부칠 수 있다. 당신이 어떤 생각을 하느냐는 당신이 어떤 해석의 자리에서 살고 있느냐다. 나만의 생각이란 건 애당초 없다. 청약이라는 주거 복지 요소가 프리미엄이란 도박의 요소로 대놓고 대체되는 게 마땅한 것도, 인간의 기본적인 욕구가 집값에 있다는 환청을 어미 새의 목소리로 알고 자라왔기 때문이다. 나의 어미 새, 누구였을까?

〈도덕경〉 3장에 불상현不尙賢이란 말이 있다. 현명한 사람을 숭상하지 않아야 사람 사이의 다툼이 발생하지 않는다는 문구의 첫머리다. 이 구절은 대개 현명한 사람이 떠받들어지면, 나머지 우매한 인간들이 그를 시기 질투하면서 싸움이 일어난다고 해석된다. 〈도덕경〉을 해석하는 책을 낸 학자들의 말이니 틀릴 리 없겠지만, 나는 전혀 다른 뜻으로 새긴다. 여기서 현명하다는 뜻으로 현賢이라는 글자가 쓰였는데, 노자가 줄곧 칭송하는 글자는 성聖이다. 노자는 '도'에 가까운 사람을 성인聖人이라 하지, 현인賢人이라 하지 않는다. 성인의 다스림을 도의 작용과 같이 보는 반면 현인을 숭상하는 풍조는 버리라고 한다. 노자에게 현인은 현명한 채 하는 인간, '위선적인 현명爲賢'이며, 우상화된 인간, 사실을 왜곡하여 개인적 이득을 취하려는 인간이다. '오도'의 해석이 달랐다고, 그 저자를 위선적인 사람이라 하는 것은 아니다.

나는 간디를 숭상했고, 밥 말리의 외모를 가슴에 새기고 살아 왔다. 그런데 이 숭상이 밥 말리에 대한 시기 질투나 스티비 원더 팬들과의 신경전으로 번진 적은 없다. 밥 말리의 팬을 마주치면, 경계심 없이 눈을 마주친다. 숭상이 다툼으로 번질

가능성 같은 건 매우 희박하다. 다툼을 조장하는 건 일그러진 우상화다. 화폐의 우상, 교양의 우상, 인맥의 우상, 인기의 우상. 우상화된 인기란 난득지화難得之貨, 그야말로 얻기 어려운 재화, 맘몬mammon이다. 현인이란 인격화된 재화, 맘몬이다. 경계해야 하는 것은 실제로 현명한 사람들이 아니라 우상화된 재화들, 자신을 우상화하려는, 스스로 맘몬화된 인간들이다.

　나는 五를 '많은 수'의 대유법으로 읽고 있지만, '적은 수', '한계', '다섯'으로 해석하는 것도 괜찮다고 생각한다. 사실 둘 중에 무엇이 옳은지도 모르겠고, 내 알 바도 아니다. 금언으로 삼기엔 둘 다 좋은 말이니까. 내가 경계하는 것은 오로지 누구의 해석이 나에게 어미 새의 목소리로 들렸느냐 하는 것이다. 이 어미 새 단계는 대개 매우 폭력적이기 때문이다. 내가 나온 중고등학교 교사들 대부분은 전두환을 우상으로 떠받드는 자들이었다. 권력의 정점으로 향하는 전두환의 광기를 남자라면 한 번쯤 가져야 할 로망이라 가르쳤던 탓에, 대학교 1학년 때 영화 〈꽃잎〉과 소설 〈저기 소리 없이 한 점 꽃잎이 지고〉를 비교하는 숙제에서 광주 시민들의 잔인성을 규탄하는 레포트를 제출하고 말았으니, 우리의 참주僭主, 가짜 위정자, 우상화된 권력, 우상을 추대하고 숭상하여 교육하기까지 이른 현인들의 영향력은 얼마나 대단했던가. 모골이 송연해진다. 그 숙제를 내 준 교수가 대구 출신에 이문열과 돈독한 사람이었다는 건 다행이었을까, 불행이었을까.

내가 아침마다 산책을 하는 인왕산 산책로에는 윤동주 하숙집 터와 윤동주 문학관이 있다. 내가 이 동네로 이사를 오겠다고 다짐한 데에는 윤동주 시인에 대한 흠모도 있었다. 중학교 2학년 때 한글날 백일장 2등 상품으로 받은 〈하늘과 바람과 별과 시〉가 내가 스무 살까지 유일하게 갖고 있던 시집이었다. 1등 상품은 뭐였고, 그걸 받은 아이는 어느 동네에 살고 있을까 생각해 보면, 심사위원들의 시각이 조금만 더 현명했다면 내가 다른 동네에 살았을 수도 있겠다 싶다. 가령 셰익스피어의 소네트를 읽고 영국 유학을 갔다든지. 내게 주어진 환경, 세계관은 윤동주였고, 윤동주라는 이름을 빼놓고도 이 동네에 살았을까 생각해 보면, 그냥 망원동 어딘가 계속 살았을 가능성이 더 높은 것 같다.

대학을 가고 보니 마침 시 담당 교수가 윤동주에 관한 책을 낸 사람이었다. 다행이었을까, 불행이었을까. 윤동주 시집에서 내가 가장 좋아하는 시는 〈병원〉과 〈쉽게 씌어진 시〉다.


나도 모를 아픔을 오래 참다 처음으로 이곳에 찾아왔다.
그러나 나의 늙은 의사는 젊은이의 병을 모른다. 나한테는 병이 없다고 한다. 이 지나친 시험, 이 지나친 피로, 나는 성내서는 안 된다.

- 윤동주, 〈병원〉 일부

젊은 나는 이유를 알 수 없는 병으로 오래 앓다 병원에 찾아 왔다. 그러나 '늙은' 의사는 나에게 병이 없다고 한다. 나에겐 분명한 통증이 있지만, 늙은 의사는 병이 없다고 한다. 그는 젊은이의 아픔을 모를뿐더러, 심지어는 병이 없다며 아픔마저 빼앗아 버린다. 내가 의지할 곳은 얼굴이 보이지 않는 여성 환자와의 공감뿐이다.

땀내와 사랑내 포근히 품긴
보내주신 학비 봉투를 받아
대학 노―트를 끼고
늙은 교수의 강의 들으려 간다.

생각해 보면 어린 때 동무를
하나, 둘, 죄다 잃어 버리고

나는 무얼 바라

나는 다만, 홀로 침전하는 것일가?

　　　　　　　　　　　　　- 윤동주, 〈쉽게 씌어진 시〉 일부


　늙은 교수의 강의는 나 홀로 침전해 가는 구체적인 행위이
며, 이 행위에 몰두함으로써 나는 땀내, 사랑내 나는 고향과 가
족, 동무들을 잃어가고 있다. 그래서 자문한다, 지금 나는 무얼
바라 이렇게 살고 있는가?

　그런데 이 부분을 나의 교수는 달리 해석했다. '늙은 교수',
'늙은 의사'는 땀내와 사랑내 나는 부모님의 대체자이며, 이들
에게 다가감으로써 화자는 고향을 회복한다는 것이다. 땀내,
사랑내 나는 엄마 현금 카드로 학비를 계좌이체하고서 늙은 교
수의 강의를 들으러 가며 생각했다. 대체 이 시의 '늙은'이란 단
어 어디에 부모의 정이 있다는 걸까? 그는 본인이 늙은 교수로
서 혹 늙은 닥터로서 '늙은'이란 시어에 기어코 따스한 해석을
수여하고 싶었던 걸까? 그의 이 가르침이 책으로 나오기까지
수고한 대학원생들은 원고의 오타는 찾아내도 시를 오해한 부
분은 찾아내지 못했던 걸까? 이 구절에서 그들은 늙은 교수에
게 감사와 사랑을 푸근히 느꼈던 걸까?

　이 해석이 시를 받아들이는 '다채로울 오ㅍ'라는 건 분명한
사실이다. 그러나 그 교수의 해석이 삶의 배경이 되는 이들에

겐, 특히나 그에게 학위를 받아야 하는 학생들에겐 분명 '한정의 오푸'가 되었을 것이다. 시각을 준다는 건 무서운 일이다. 인간이 행사할 수 있는 가장 큰 폭력이다. 지역적 세계관에 갇혀 모든 역사적 증거들을 몰역사적으로 갈아엎을 수 있는 힘은 어미 새가 전달해 준 푸근한 시각이 아니고선 불가능하다. 이 어미 새들, 전달자들 대부분이 자신의 영향력을 선하고도 정의롭게 평가하고 있다는 게 내 마음을 매우 갑갑하게 한다. '다채로울 오푸'에 '한정의 오푸'라는 해석이 보태지는 것은 그 자체로 다채로움이며 해석의 민주화다. 늙은 교수가 '침전하는 삶'에서 '고향의 회복'이 되는 것은 시를 보는 시각, 감성의 다양성이다. 그러나 내가 어떤 해석에 놓여 있는가 생각해 보고 나의 자리를 생각해 보면, 거기에는 다양성이 없고 민주적이지도 않다. 하나의 해석이 내 시각이 되면 내가 보는 세상은 그것으로 제한된다. 내가 너무 많은 '사실'들 사이에서 헤매고 있는 게 아닐까 생각하는 것도 물론 무서운 일이다. 하지만 극히 한정적인 시야로만 세상을 보려할 때 그것은 반드시 폭력이 된다.

그러니까 이런 경우를 상상해 보는 것이다. 만약, 그 '한정의 오푸'가, '따뜻한 늙음'이 명백한 오류라면, 그래도 그것을 단지 해석의 차이라고 해야 하는 것일까? 그것을 문제시 한다면, 책임은 누가에게 있을까? 저자? 교수? 보통 그들은 돈을 번다.

그들 대신, 예수를 믿으면 부자가 된다는 믿음이 신성모독인 줄 모르는 신자들, 겨우 젖먹이 시절 한국 전쟁을 겪었으면서 빨갱이들이 얼마나 잔인한지 나는 겪어 봐서 안다는 노인들, 흑인은 운동을 잘하는 대신 머리가 나쁘다는 소름끼치게 유치한 대화를 주고받는 20대들, 그들이 인생을 걸고 오류에 뛰어든다. 자신이 어떤 해석에 놓여 있는지, 그게 옳은지 그들로선 끝내 알 수 없을 것이다. 나 또한 세상의 어느 구석만 바라보고 사는 것인지, 전체를 바라보며 사는 것인지, 판단을 못하겠다. 내 판단은 내가 녹색을 보는 경우와 마찬가지로 외부 정보를 파악하는 게 아니라 내부에서 재단한 정보를 외부에 투사해서 마치 지금 눈앞에 있는 것을 보는 듯한 역류 현상을 만들어 내는 까닭이다. 판단색맹, 내 투병 이력에 새로이 추가된 병명이다.

# Κ.Τ.Ε.Λ. ΝΟΜΟΥ ΦΩΚΙΔΟΣ

Π. ΜΠΑΚΟΓΙΑΝΝΗ 7 • ΑΜΦΙΣΣΑ • ΤΗΛ.: 02650/28341 • Α.Φ.Μ.: 096059029 • Δ.Ο.Υ.: ΑΜΦΙΣΣΑΣ

ΕΚΔΟΤΗΡΙΑ ΑΘΗΝΩΝ : ΣΤΑΘΜΟΣ Ν. ΛΙΟΣΙΩΝ (3 ΓΕΦΥΡΕΣ) • ΤΗΛ.: 010/8317096
ΕΚΔΟΤΗΡΙΑ ΑΜΦΙΣΣΑΣ : ΠΛΑΤΕΙΑ ΗΣΑΪΑ • ΤΗΛ.: 02650/28226
ΕΚΔΟΤΗΡΙΑ ΙΤΕΑΣ : ΑΚΤΗ ΠΟΣΕΙΔΩΝΟΣ • ΤΗΛ.: 02650/32336

ΕΓ 20861

## ΕΙΣΙΤΗΡΙΟ  ΚΑΘΗΜΕΡΙΝΕΣ ΑΝΑΧΩΡΗΣΕΙΣ

### ΑΠΟ ΑΜΦΙΣΣΑ - ΑΘΗΝΑ
ΚΑΘΗΜΕΡΙΝΑ: 5:00, 8:30, 10:30, 13:30, 15:30, 17:30, 20:30
ΚΥΡΙΑΚΕΣ : 7:00, 10:30, 13:30, 15:30, 17:30, 20:30

### ΑΠΟ ΑΘΗΝΑ - ΑΜΦΙΣΣΑ
ΚΑΘΗΜΕΡΙΝΑ: 7:30, 10:30, 13:00, 15:30, 17:30, 20:00

ΔΙΑΔΡΟΜΗ/ROUTE: ΑΘΗΝΑ-ΔΕΛΦΟΙ

ΕΙΔΟΣ ΕΙΣΙΤΗΡΙΟΥ: Απλο

ΤΙΜΗ/PRICE: 10.20

ΩΡΑ/TIME: 13:00

ΘΕΣΗ/PLACE: 21

ΗΜΕΡΟΜΗΝΙΑ/DATE: Πε 26/09/02

ΗΜ/ΝΙΑ ΕΚΔΟΣΗΣ: 26/09/02    ΩΡΑ ΕΚΔΟΣΗΣ: 12:40    ΕΚΔΟΤΗΣ:

ΑΡΙΘΜΟΣ ΕΙΣΙΤΗΡΙΟΥ: 01/ 5765

ΠΑΡΑΚΑΛΟΥΜΕ ΝΑ ΚΡΑΤΑΤΕ ΤΟ ΕΙΣΙΤΗΡΙΟ ΣΑΣ ΜΕΧΡΙ ΤΟ ΤΕΛΟΣ ΤΗΣ ΔΙΑΔΡΟΜΗΣ

ΤΟ ΕΙΣΙΤΗΡΙΟ ΔΕΝ ΕΞΑΡΓΥΡΩΝΕΤΑΙ ΦΠΑ 8% ΚΑΙ ΕΙΣΦΟΡΑ 5% Ν. 2963
ΣΤΗ ΤΙΜΗ ΕΜΠΕΡΙΕΧΕΤΑΙ

9001    ΤΥΠΟΣ 1

〈도덕경〉 6장

곡신불사谷神不死 시위현빈是謂玄牝

: 계곡의 신은 죽지 않는다.

이를 신비한 여인이라 한다.

# *숲으로 된 성벽:
# 수성동 계곡에서의 한 철

*기형도의 시 「채무에서」

종로의 맥줏집 옥토버훼스트나 비어할레 광화문점에 다녀 온 이튿날만 아니라면 비가 오든 영하 18도가 되든 아침 산책으로 인왕산 언저리를 걷는다. 아세트알데히드, 불순물. 숙취를 설명하는 여러 의견들이 있고, 맥주 같은 발효주를 마시면 유독 숙취가 심할 수 있다는 이야기도 있지만, 내가 겪는 숙취는 이 맥주집들이 보유한 1000cc 맥주잔 때문이다. 각기 다른 이름으로 부르는 커다란 잔을 들어올리는 일이, 내가 키워 놓은 이두근의 제1 사용처다. 근육의 쓸모가 그뿐이라 최대한, 한계에 이르도록 그 일을 치르고 나면 육신과 정신의 모든 근육이 노곤 고곤 풀어져 다음 날 오래오래 누워 있어야 한다. 그런 일이 자주 있는 건 아니라 거의 매일이라 해도 될 만큼 아침마다 집에서 나와 누하동 한옥 골목을 구불구불 통과해 윤동주 하숙집터 앞을 지나 인왕산 수성동 계곡에 이른다. 여기서부터는 본격적인 산길이다. 1코스는 오른쪽 부암동 방향. 인왕산 산책로를 따라 윤동주 문학관까지 올라갔다가 경복고등학교, 청와대를 거쳐 커피를 사서 집으로 돌아오는 길이다. 가장 빈번해서 1코스, '오늘은 부암동?' 코스다.

2코스는 수성동 계곡에서 왼쪽 사직동 방향. 무악동과 사직동 경계에서 성곽 길을 따라 행촌동 주택까지 내려가서 잠시 사라졌다 다시 나타난 성곽을 따라 경희궁, 서울 역사박물관에 이르는 길이다. 이 길에는 내가 만든 '우리가 비틀즈는 아니니까' 모임 멤버인 뮤지션 '더준수'의 작업실이 있다. 내가 산책할 시간에는 나와 있지 않다는 걸 알지만 인사 삼아 창문 안을 들여다보고는, 어제도 책상 정리를 잘 하고 갔군, 대견스러워 한다. 요새 부쩍 책상 정리를 귀찮아하는 터라 그게 참 대단해 보인다.

2코스는 1코스보다 30분 정도 더 걸린다. 돈의문 박물관 마을도 구경해야 하고, 경희궁에 들어갔다 나오는 날도 있고, 서울 역사박물관에 무슨 전시가 있나 현수막을 보면서 언제 한번 가야지 생각만 하고, 시네큐브를 건너다보며 영화 한 편 볼까 망설이다 마음을 접은 다음, 광화문 광장을 관통할까 망설이다 원래 가던 길대로 복합공간 에무 쪽으로 올라가며, 그렇다면 에무 시네마를 가볼까 망설이다 끝내 가지 않는 과정까지 매우 다양한 갈등 상황에서 결국 아무것도 하지 않는 해결책을 내려야 하기 때문이다. 그럼에도 불구하고 2코스의 다른 이름은 '오늘은 시네큐브?' 코스다.

참고로 멤버가 둘뿐인 '우리가 비틀즈는 아니니까' 모임은 무언가 창작 비슷한 작업을 하긴 하는데, 재능이 비틀즈는 아니라서 성과도 반응도 그저 그런 인간들이 커피나 마시며, 우리는 비틀즈가 아니므로 그런 거 신경 쓰지 말고 오랫동안 작업하자, 건강 관리 잘 해서 언젠가 좋은 창작물이 나오는 꼴을 보고 말자, 그러려면 장수해야 할 텐데 요새 어떤 영양제를 먹고 있냐, 한담을 나누는 결사체다. 지금 하는 꼴을 보아 하니 너도 우리 모임에 들어와야겠다 싶은 몇몇이 있다. 그들이 너무 큰 충격에 빠지지 않도록, 자기를 내려놓을 준비가 되었다 싶을 때 '넌 태생이 우리 모임이야' 통보해 줄 생각이다.


산책하기 가장 좋은 계절은 장마철이다. 인왕산에 그늘이 많지 않아서이기도 하고, 며칠 비가 오고 멎은 다음 날 수성동 계곡에 물이 차 흐르는 광경은 인왕산이 아껴두었다 개방해 주는 1년에 며칠 안 되는 특별 관람 기간이기 때문이다. 사철 물이 흐르는 계곡이 아니라 수성동 계곡에는 보통 물이 말라 있다. 풀이 지저분하게 엉켜 있고, 움푹 파여 물이 고여 있는 곳마다 이끼들 사이에서 이런저런 유충들이 잠영을 하고 있다. 그러다 비가 산을 속속들이 적셔 준 다음 날에는 그간의 찌꺼기와 먼지가 휩쓸려 사라지고 드디어 맑게 걸러진 물에 발을 담글 수 있게 된다. 이 계절이 지나면 계곡물에 발을 담그기까지 또 1년을 기다려야 한다.

물의 깊이가 적당한 날 밤에는 반바지에 샌들을 신고 수성동 계곡으로 간다. 누하동 골목길을 지나 서촌 오락실에서 '스트리트 파이터'를 한 게임 하는 날도 있지만 주머니에 현금을 가지고 다니는 날이 드물어 보통은 마을버스 종점 편의점으로 직행, 맥주 네 캔과 소시지를 산다. 텅 빈 계곡엔 굽이를 돌며 조근거리는 물소리와 낙차에서 빚어지는 조금 더 큰 물소리뿐이다. 크고 작은 물소리가 마음에 섞여 들면 의식은 차분하게 계곡에 숨겨진다. 편평한 바위에 앉아 종아리까지 물에 담그고, 얼굴과 팔을 적시고는 머리카락에서 물을 뚝뚝 떨구며 맥주를 마신다. 밤의 계곡에 앉아 있다고 해서 무수한 별이 머리 위를 뒤덮는다거나 반딧불이가 깜빡, 깜빡 날갯짓을 하는 별세계가 펼쳐지진 않는다. 이곳은 엄연히 대도시 서울의 한복판, 도심의 불

빛이 이곳 하늘까지 번져 있다. 물속도 마찬가지다. 바위를 들춘다고 가재, 도롱뇽, 송사리가 후다닥 몸을 숨기진 않는다. 이두근의 제2 사용처, 계곡의 돌 들추기. 헛짓이다. 수성동 계곡이 숨겨 놓고 있는 건 은밀하고 작은 생명들이 아니라 오로지 계곡 자신이다.

노자가 '도'를 계곡의 신이라 한 건 계곡이 품고 있는 생명력, 기운 때문이었을 것이다. 움푹 파인 계곡이라는 공간, 그 비어 있음. 노자는 '허虛'에서 모든 생명이 태어나고 자라고 약동한다고 생각했다. 바람을 뿜어내는 풀무처럼 비어 있는 곳에서 생명력이 용출되어 나오는 것이다. 그 계곡의 생명력은 이어서 신비한 여인에 비유되는데, 아마도 모태, 생명의 근원이란 연상 때문이었겠지 싶다. 여자라는 존재가 원래 남자보다도나 자연에 가깝게 태어났을 수도 있다. 아니면 생명을 탄생시키고 기르는 활동을 하면서 인간이 인내할 수 있는 극한에서 아슬아슬 살다 보니 결국 도에 가까워지는 건지도 모른다. 요지는 남자보다 여자가 도에 가깝다는 것이다.

우리 집에서 내 위치를 생각해 보면 스스로 그러한, 자연에 가까운 건 여자보다 남자 같긴 하다. 여자 사람, 여자 고양이, 남자 고양이, 마지막에 남자 사람의 서열이 매겨지게 된 건 내가 매우 동물적인 습성으로 유지되는 남자 인간 세계의 일원이라서다. 인간보다는 고양이에 가까운, 매우 자연친화적 자리다. 노자가 '신비로운 여인'이란 말을 한 건 다분히 이 신비를 생명 생산 기능에 결부시켰기 때문이다. 여성들이 정말로 신비한 힘을 발휘해서가 아니라, 생명 탄생이란 현상이 신비로웠던 것이다. 생명이 신비로울 수 있는 건 당연히 인간들이 생명을 둘러싼 영역을 명명백백 알고 있지 못한 까닭이다. 일상에서 느닷없이 사람의 힘이나 상식으로 납득이 되지 않는 일이 발생했을 때, 인간 인식을 넘어선 힘이 있는 건 아닐까 경외, 공포를 갖게 된다. 아, 신기한 일일세, 영적인 존재가 있는 것 같군, 신이 있는 것 같아, 외형의 경계가 감지되지 않으니 이것은 분명 기氣로만 존재하겠지. 신비란 건 결국 규명되지 못한 것, 미지의 영역에서 발생하는 두려움, 거리감에 불과한 것이다. 추앙하고 섬겨야 할 세계 밖 존재가 아니다.

여성을 수식하고 있는 글자는 '현玄'이다. 오묘하다, 신비롭다, 고요하다, 아득하다, 얼떨떨하다. 저 여인이 내면에 품고 있는 게 무엇일까? 오묘하고 아득하구나. 끊이지 않고 생명을 순환시키는 오묘한 작용을 생각하자니 생명의 근원이 아니고 무엇이겠는가. 여성의 존재가 도에 가까워서 신비하다는 건지, 신비로운 느낌 때문에 도에 가까워 보인다는 건지는 모르겠다. 현玄이라는 단어로 묘사했다는 걸로 미루어 둘 중에서 어느 것인지 모르고 어느 것이든 상관없다는 의미가 아닐까.

저기 깊은 계곡이 있다. 얼마나 깊은지, 그 안에 어떤 생명체가 살고 있는지 여기서는 눈으로 확인되지 않는다. 계곡이 감추고 있는 건 무엇일까, 계곡에 숨어 있는 건 무엇일까? 뱀, 거미, 거머리, 맹수. 귀신? 요정? 아니면 산딸기, 오디? 우리 초희처럼 길을 잃고 산에 숨어 있는 새끼 고양이일 수도 있다. 아메리칸 숏헤어 종인 초희는 어느 야산에서 구조되었다. 손바닥만 한 생명체가 산속에 어찌 들어가게 되었나, 거기서 무얼 먹고 살았나, 계곡의 신비한 생명력이 초희를 지켜주었던가.

수성동 계곡쯤이야 산책로에서 서서 속속들이 내려다볼 수 있으니 두려울 게 없다. 그러나 밤바다 한가운데, 검은 물속처럼 깊은 계곡이라면 그 안에 신령스런 기운이 흐른다고 해서 틀린 말은 아닐 것이다. 공포가 내 안에 도사리고 있으니 검은 물속엔 공포가 가득하고, 계곡은 신비로운 기운으로 가득하다. 아, 영원한 생명, 계곡의 신이여! 생명의 순환은 끊이지 않고 이어지고 또 이어지는구나. 그래, 이 모습, 현묘한 여인 같다. 생명을 품은 여성은 얼마나 신비로운가. 세상의 뿌리라 할 만하다. 그렇게 여성은 신비로운 존재가 된다.

성별이 다섯 개쯤으로 나뉜다면 그중에 신비로운 성 하나쯤 있을 법도 하고, 그래서 여성이 신비롭다 이런 말에 선선히

동의했을 수도 있다. 그런데 이게 뭔가, 남성 아니면 여성 달랑 둘이다. 둘 중 한쪽이 신비로워라, 우러르니, 나머지 한쪽이 신비로운 대상이 된다. 신비로운 대상이 생겨났으니 한쪽은 어부지리로 이성적, 합리적 인간으로 자리매김한다. 합리적 인간들이 인간 세상을 두루 관찰하여 이성의 영역에 테두리를 긋고 그 너머를 비이성, 비합리의 영역으로 둔다. 그리고 나머지 성 하나를 그 테두리에 걸쳐 두고서 때로는 인간 영역에, 때로는 인간 외부 영역에 갖다 붙인다. 이성으로 파악하기 어려운 성별. 이런 이질화, 신격화는 곧잘 차별, 혐오로 변하고는 했다. 성스런 여인, 정숙한 여인을 더럽고 추악한 여인, 창녀, 마녀로 전락시키는 것이 이성적인 인간들이 줄기차게 열광해 온 놀이, 호르몬 솟구치는 상상이었다. 성녀에서 창녀로, 창녀에서 성녀로, 둘 다 흔해 빠진 설정들이다. 현하다, 묘하다, 현묘하다. 이 표현은 '신비롭다'가 아니라 '알 수 없다', '파악되지 않는다'로 해석돼야 한다. 우리는 서로를 모른다. 끝내 알 수 없을지 모른다. 그래서 삼간다. 무례할 수 없다. '모른다'는 나의 무지를 토로하는 표현이다. 그러나 '신비롭다'고 하면 나의 무지가 상대의 탓이 된다. 네가 신비로워서, 묘해서 내 합리적 이성이 접근하지 못한다. 정상 범위를 벗어난다. 그래서 신비한 여인은 그리도 쉽게 미친 여인이 되고 만다.

아침 산책길 수성동 계곡을 지나 제3 코스는 인왕산 정상까지다. 윤동주 시인은 매일 아침 계곡에서 세수를 하고 산 중턱까지 올라갔다 와서 하숙집 주인이 차려준 아침을 먹고 학교에 갔다고 한다. 만주에서 평양, 서울, 도쿄, 교토에 이르는 광활한 활동 반경, 그 폭넓은 이동과 대비되는 매우 단순한 내면, 세수 같은 자기반성. 내가 윤동주 시인의 자취를 찾아 만주와 교토, 후쿠오카를 다녀온 것도 그 말간 청년의 얼굴이 그리워서다.

그와 정반대 편에는 서정주라는 사람이 있다. 온갖 방탕과 역사적 추태, 세간의 바람과 어긋나는 선택, 끝내 반성하지 않는 오만한 역사의식. 그 방종을 '시'라는 '신비로운' 정신세계로 위장해 주는 게 그의 후학들, 늙은 교수들이다. 세상을 잘 살피는 속인들이다. 그래서 윤동주라는 이미지를 떠올릴 때면, 신비로운 시 정신 대신 계곡물에 씻긴 말간 얼굴의 청년이 그려진다. 그리고 내가 평생 감추고 살아온 나의 얼굴, 본래 마주보고 살았어야 할 얼굴을 윤동주 시인의 시 구절에 비추어 본다. 어른이 된 내 마음속 깊은 계곡 안에 그 말간 얼굴이 숨어 있다. 초여름 밤 계곡물에 무릎까지 담그고서 발을 첨벙거리며, 가냘픈 나뭇가지 아래에서 맥주 캔을 따고 계곡물 소리에 마음을 기대면, 내가 살아가며 꼭 해야 할 일은 새로운 재화의 획득이 아니라 지나간 말간 얼굴의 회복이라는 생각이 든다. 세수를 하고 모기에 뜯긴 팔과 다리에 물을 끼얹고 소시지를 한입 문다. 케첩이 필요하다, 다음에 올 때는 케첩을 싸 와야지. 그러고선 매번 케첩을 그리워하며 맥주를 마신다. 이나마 단순하게 살기 위해 그 많은 격정, 다채로운 갈등, 싸움을 지나왔던가. 나의 말과 세상의 말은 계곡물을 따라 어느덧 도시의 하수관에 숨어버린다.

이 계곡의 존재를 아는 사람은 많지 않다. 이 계곡에 내려와 발을 담그는 사람은 더 많지 않다. 계곡은 오랜 세월 자신을 감춰 왔고, 나는 어느 밤 계곡 아래 숨어들어 물소리에 나의 생명 박동을 실어 보낸다. 내 목숨 어디로 흘러갈까, 어디까지 흘러갈까. 말간 얼굴을 실은 종이배는 어느 들판 달 아래를 흘러간다. 잠이 온다. 이 정도 피면 하나의 모기 문명권을 먹여 살렸겠다 싶어지면 먹어치운 잔해를 추스른다. 한여름이 오면 물은 말라 가고, 다음 장마가 올 때까지 1년을 기다려야 한다. 계절은 가고, 나는 사람들의 말소리기 들리는 곳으로 젖은 발자국을 옮겨간다. 올해처럼 여름이 다 가도록 비만 오는 해도 몇 번인가 끼어 있을지 모르지만, 매일, 매해 계곡의 생명들은 착실하게 피어나고 흐르고 마르고 떠나가고 찾아온다. 어느덧 나

의 발자국엔 물기가 말랐고, 나의 흔적은 그렇게 꾸준히 사라
진다. 정말로, 어느 한순간도 신비롭지 않다.

〈도덕경〉 31장

전승이상례처지戰勝以喪禮處之

: 전쟁에 이겨도 마무리는 장례로 하라.

# 그 무슨 반가운 것이 오는가 보다:
# 만두 행로

*백석의 시 〈국수〉 중에서

나의 외가는 한국전쟁 이전부터 경기도 북부 일대에서 살았다
고 한다. 한국전쟁 때 해남으로 피난을 갔다가 다시 원래 살던
곳으로 돌아가려 했으나 할머니의 건강이 안 좋아 도중에 주저
앉게 된 곳이 의정부다. 전쟁 이후 미군 부대가 시내 한가운데
자리를 잡으면서 거기서 빼낸 물건을 파는 미제 시장이 만들어
졌고, 자연스럽게 채소, 곡식, 고기를 파는 사람들까지 몰려들
면서 큰 시장이 형성되었다. 외할아버지는 시장 가까이에 터를
잡고 두부를 만들어 팔았다. 외할아버지 가업은 삼촌들이 이어
받았다. 그래서 초등학교 졸업할 때까지 우리 집 냉장고에는
항상 바가지 한 가득 두부가 담겨 있었다. 두부조림, 비지찌개,

두부부침이 기본 상차림이었다. 상설 메뉴에 질리거나 불만을 가진 적은 없지만, 두부가 빛을 발할 때는 뭐니 뭐니 해도 다진 김치와 함께 으스러져 만두소가 될 때였다.

경기도 북부에서 살아온 사람들답게 김치에 젓갈을 거의 넣지 않았고, 고춧가루도 배추를 산뜻하게 스쳐지나간 정도였다. 김치는 오로지 시원한 맛이었다. 입맛의 기준을 잡아 주는 사람은 막내 외삼촌과 한 골목에서 나고 자라 일찌감치 결혼해 평생을 한 동네서 살아 온 막내 숙모였다. 설 하루 전 막내 삼촌 집으로 가면 숙모가 만두를 빚을 채비를 마치고선 철없는 막내 고모, 그러니까 우리 엄마가 자식들을 몰고 나타나길 기다렸다. 늦은 밤까지 사촌 형 방에 모여 TV 게임기로 놀다 보면, 너희들 먹을 거는 너희가 직접 만들라는 외숙모의 호통이 들리는데, 그때는 이미 명절 상에 올릴 만두를 숙모와 엄마가 다 만들고 난 다음이었다. 우리가 하는 일은 남은 밀가루 반죽을 가지고 놀다 자라고 할 때 자는 정도였다. 명절이라고 외삼촌을 찾아가던 일도 이제 너무 오래 전이라 숙모가 만든 만두 맛도 가물가물해졌지만, 결혼을 하고 처음 2년 동안은 직접 그 맛을 재현해 보려고 했다. 엄마가 만든 김치를 다지다 손에 물집이 잡히고, 그 손으로 전날 시장에서 사다 물을 빼놓은 커다란 두부와, 데친 숙주를 베주머니에 넣고 꾹꾹 짜다 보면 숙모는 어찌 그리 오랫동안 이 일을 해 온 것일까, 너덜거리는 손목과 팔을 감싸 안고 내년에는 그냥 사다 먹자, 만장일치의 계획을 수립했다. 우리 집 명절 1계명은 '그냥 사다 먹자'가 되었다. 2계명은 '그냥 고기나 구워 먹자.' 3계명은 '그냥 어디 놀러 가자.' '그냥' 없이는 명절도 없다.

만두라고 하면 꼭 김치와 두부, 돼지고기만 생각하다가 중국식 만두의 등용문을 넘어서게 된 건 만두에 관해 전혀 다른 견문을 갖고 있는 사람과 함께 살면서부터였다. 남쪽 사람들은 집에서 만두를 만들어 먹지 않는다는 말은 당도한 첫 명절 대두된 커다란 문화 충돌이었다. 그럼 뭘 먹어? 탕국! 탕국? 탕이 국이고 국이 탕인데 무슨 음식 이름이 그래? 문명 격돌을 화기애애 외식의 길로 이끈 건 연희동 오향만두가 만두의 '어미 새'라는 고백이었다. 내 기억의 맛을 (잘못) 재현해 보았으니 이제 당신의 기억을 되짚어 볼 차례다. 잘못된 기억이 이끄는 방랑 끝에 어렵사리 가게를 찾아냈다. 테이블이 몇 되지 않았고, 사장 아주머니는 장사하기 싫어 죽겠다는 표정으로 주문을 받았다. 정말 이곳이 맛집일까. 만두 찜통에서 김이 새고 있었다. 사장 아주머니가 믹스 커피 봉지 두 개를 뜯었다. 오후 되면 졸려서 장사 못하겠어요. 과연 말씀대로 손님을 굉장히 귀찮아하는 표정이었다.

"너무 힘들어서 장사 안 할라고 했어요. 나이 드니까 일하는 게 너무 힘들어요. 작년에 가게 문을 닫아 버렸는데, 손님들이 자꾸 전화해서 언제 문 열거냐 묻고 하니까, 미안하기도 하고, 문 다시 연 지 얼마 안 됐어요."

그 와중에 주방에 있는 남편 분과 중국말로 거친 말싸움을 이어갔다. 무슨 내용인지 전혀 감이 잡히지 않지만, 어감 상 이제 곧 쟁반이 날아오겠구나 싶었다. 접시에 찐만두, 군만두가 가만히 담겨 나왔을 때 어쩐지 그것만으로 감사하고 안심이 되었다. 안심 다음엔 만두의 새로운 지평이었다. 다음 한입, 다음 접시, 기대는 넓은 벌 끝까지 달려 나가고, 또 다른 맛, 더 높은 허들을 갈구했다.

나에겐 참을 수 없이 느끼할지 모른다는 두려움 때문에 명동 딘타이펑을 찾아가기까진 꽤 오랜 시간을 더듬더듬 흘려보냈다. 샤오롱빠오, 새우만두, 부추만두, 송이만두. 태어나 생강을 그렇게 많이 먹기도 처음이었고, 생강을 그렇게 먹어도 속이 괜찮다는 매우 낯선 식생활의 지혜도 얻었다. 안국동의 몽중헌, 삼성동의 팀호완, 대만, 홍콩 여행 계획에는 유명 만두집 이름을 우선순위로 올려놓았다. 이럴 게 아니라 내 주변의 만두들부터 차츰 먹어치워 나가자는 촘촘한 생활 계획도 부가했다. 아직도 가야할 만두의 길이 멀어 매일매일 안심이었다.

전승이상례처지戰勝以喪禮處之, 전쟁에 이겨도 마무리는 장례로 하라. 이 구절을 처음 읽었을 땐, 경기에서 승리하면 얼른 주먹이나 한 번 쥐어 보이고 기절한 상대를 살피는 격투기 선수 예멜리야넨코 표도르의 노자 정신을 떠올리고, 기리고, 칭송했다. 전쟁에서 이겼다 하더라도 전쟁이 벌어지면 아군이든 적군이든 수많은 사람이 죽는다. 승리가 있으면 패배가 있다. 패배한 자의 굴복이나 축하가 먼저일까 승리한 사람의 위로가 먼저일까? 승리의 기쁨을 미루고 애통하고 자비로운 마음으로 슬퍼하는 사람의 마음을 헤아려 보라. 전쟁에 승리를 거두어도 반드시 상례로써 처하면, 패전한 이들에게도 원망 대신 존중을 얻을 수 있다. 이 말을 실현해 보려면 조기 축구라도 들어가야 했다. 주전 선수가 되기 전에 팀워크를 해친다고 쫓겨날 확률은? 늘 그랬던 대로 후속 조치가 뒤따르지 않았다. 경쟁을 생각하는 것만으로 마음이 지친다. 팀워크는 TV로만 보자. 홀로 앉아 아무하고도 경쟁하지 않으니 이 또한 노자 정신의 구현이 아니겠는가. 고개를 끄덕이며 이 태도를 흩트리지 말자 생각하니, 아니 그림! 퍼뜩, 승전을 장례로 하라는 겸양의 의식과 만두를 먹는 일이 정확하게 같은 일이라는 생각에 이르렀다.

만두의 유래에 관한 가장 유명한 이야기는 제갈공명의 일화일 것이다. 서기 225년 3월, 유비가 죽고 아들 유선이 촉나라 왕위에 오른 지 3년째 되던 해. 승상 제갈공명은 조자룡과 위연을 대장으로 앞세워, 50만 대군을 몸소 이끌고 지금의 베트남 국경 가까운 남만 지역 정벌을 나섰다. 월수越嶲, 익주益州, 장가牂牁, 영창永昌 4개 지역은 촉의 수도와 멀리 떨어져 있고 산세가 험준하여, 유비가 살아 있을 때도 줄곧 촉에 복속되기를 거부해 왔다. 중원의 한족은 '동이서융남만북적東夷西戎南蠻北狄'이라고 자신들과 분리해 미개한 민족을 지칭했는데, 남만 역시 남방의 미개한 민족이란 뜻이었다.

남만 지역은 종족 구성이 다양해 교화가 어려운 데다, 산, 동굴, 바다에 의지해 살기 때문에 한 번 전쟁에 승리했다 해서 이들을 마음으로 복속시키긴 어려웠다. 공명은 첫 전투에서 남만의 왕 맹획을 산 채로 붙잡았다. 그러나 자신이 처한 처지를 망각하고 맹획은 산이 궁벽하고 길이 좁아 실수로 잡혔을 뿐이라며 군마를 정비하여 재차 자웅을 겨루면 반드시 이길 수 있을 거라 말했다. 이런 자를 왕으로 둔 민족을 그대로 두고 돌아가 봤자 다시 들고 일어날 게 뻔하다 생각한 제갈공명은 맹획에게 술과 음식을 대접한 다음 자기 영채로 돌려보냈다. 장수들이 깜짝 놀라 물었다. 어찌하여 괴수를 보내십니까.

"내가 맹획을 잡는 일은 주머니에서 물건을 꺼내는 것만큼 쉬운 일입니다. 하지만 맹획이 진심으로 항복한 뒤가 아니면 남만을 평정했다 말하기 어려울 것입니다."

공명은 남만의 토성을 허물고, 그들이 숨어들어간 동굴을 파헤치고, 남만이 자랑하는 코끼리 부대를 무찌르며 네 달 동안 맹획을 일곱 번 사로잡아 일곱 번 놓아주었다. 마지막 생포에 이르러 맹획은 더 이상 맞서는 것이 무의미하다 여겨 공명의 지혜와 인격에 진심으로 감복하였다.

공명이 군사를 물러 촉으로 돌아가다 노수濾水 강가에 이르렀을 때, 홀연 일진광풍이 일고 검은 구름이 사방을 뒤덮었다. 맹획이 이를 보고 노수의 미친 물귀신이 재앙을 일으킨 것이니 마흔아홉 개의 사람 머리와 검은 소, 흰 양을 잡아 제사를 지내야만 물결이 잦아들 거라 알려주었다.

"이번 대사를 치르며 귀중한 목숨을 무수히 허비하는 큰 죄를 지어 제 명에 죽기조차 단념하였는데, 어찌 다시 군병의 목숨을 빼앗을 수 있겠습니까."

제갈공명은 사람들에게 밀가루 반죽에 소와 양의 고기를 가득 채워 둥글게 빚게 하고, 사람의 머리 모양을 닮은 그 음식을 제상에 올리고 경건히 절하며 통곡했다. 제사를 마치자 물결이 잦아들고, 공명의 군사들은 무사히 노수 건너편에 닿았다. 공명이 만든 사람 머리는 남만인의 머리라, 처음 이 음식은 만두蠻頭라고 불렸다. 후에 蠻(오랑캐 만)과 음이 같은 饅(만두 만) 자를 써서 만두饅頭, 만터우라 부르게 되었다. 요새는 보통 '만터우'라 하면 소를 넣지 않고 밀가루 반죽을 익혀 부풀린 빵을 말하고, 밀가루 반죽에 각종 소를 넣은 만두를 바오쯔包子나 자오쯔餃子로 구분한다.

이런 노자적 정신과 정반대로 반인륜적이고 입맛 떨어지는 만두 이야기도 있다. 13세기의 고려가요 〈쌍화점〉은 "쌍화점에 쌍화 사러 갔더니, 회회아비가 내 손목을 잡았다." 로 시작하는 노래다. 고려 충렬왕 때 간신, 문고리 권력쯤 되는 사람들이 지은 것으로 추정되며, 권력의 핵심들답게 이들의 전문 분야는 채홍사였다. 전국 각지에서 여인들을 뽑아 남장별대男粧別隊라는 연단을 조직하고, 자신들이 창작한 에로물을 왕 앞에서 공연했다. '쌍화'는 찐빵 같은 밀가루에 꿀이나 단 것을 넣어 만든 빵이다. 쌍화 가게 주인인 회회아비는 몽골 간섭기에 고려로 들어온 색목인, 현재 중국 신강 위구루 자치에 사는 위구르족으로, 이들 사는 모습이 막돼 먹은 주한미군 비슷했나 보다. 그래서 찐빵을 사러 온 어느 여인의 손목을 끌고 음습한 곳으로 들어가 겁탈을 한다는 내용이다. 겁탈 당한 여인이 이 이야기를 어린 동생에게 들려주며 위험한 곳이다, 거기 가면 안 된다, 하고 말해주니 어린 여자가 어머, 나도 거기 가봐야겠다, 하고 되받는다. 절에 기도를 드리러 간 여인은 주지에게 겁탈을 당하고, 우물가에 물을 길으러 간 여인은 용에게 겁탈을 당한다. 이런 글에서 용은 대개 남성성의 상징이다. 평범한 여인이 가는 데마다 겁탈 당하는데, 어린 여인은 그 경험을 동경한다. 그런 이야기를 지어놓고 저이들끼리 낄낄대며 궁극적으로 자발적으로 음지를 찾아 들어가는 젊은 여성의 적극성, 퇴폐미를 탐닉하고 있다. 이후 쌍화는 만두와 혼용해서 쓰이다 20세기 초 완전히 사라졌다.

제갈공명 이야기는 인간의 목숨을 요구하는 거대한 자연이 배경이며 쌍화점은 남녀 사이 추문이 빚어지는 길거리 만두 가게가 배경이다. 제갈공명은 병사들의 목숨을 살리기 위해 귀신들에게 거룩한 음식으로 만두를 바쳤고, 충렬왕은 색정 놀이의 매개로 만두를 등장시켰다. 자연과 도시, 제사와 일상, 상반되는 공간에서 상반되는 사람들이 만두를 빚는다. 백성을 살리기 위해, 백성을 희롱하기 위해. 이런 극단의 공존은 지금도 여전하다. 편의점, 마트에는 수십 종의 냉동만두가 있고, 시장, 음식점 상가마다 다채로운 만두들이 거리에 수증기를 뿜으며 손님을 끌어 모으고 있다. 그러면서도 명절이면 의식처럼 만두를 빚는다. 어쩌다 사람들은 만두에 특별함과 사소함을 공존하게 했을까. 특별한 음식은 특별하게 만든 음식이 아니라 늘 만들어 오던 손이 익숙하게 빚어낸 음식일지 모른다. 승자와 패자의 공존 같은 거다. 노포에서 오랫동안 만들어 온 음식이 처음 먹는 사람에겐 가장 낯선 음식이다.

승리라는 단어 안에는 이미 패배라는 말이 들어 있다. 그런데도 사람들은 어떻게 승리만을 생각하면서 살게 됐을까? 절반의 패배, 그 명확한 분리, 반반, 그런 목표 의식을 갖고서도 정말 다른 인간과 어울려 살 수 있는 것일까? 공명에서 충렬까지, 이것은 어디까지나 지배자들의 이야기다 보니 인간 사회의 극단적 양상이 드러나는 것도 당연하다. 그러나 내가 살아가는 21세기 사회에서, 승리와 패배라는 단순한 이분으로 사회 구성을 생각해도 되는 것일까? 대극의 위치는 대립하는 게 아니라 마주본다는 걸 모르는 걸까?

대립된 성향의 인간들이 극단적으로 부딪치는 종로 골목에도 오래전부터 좋아하던 만두집들이 있었다. 인사동에서 개성만두를 파는 '궁'에 가면 아주 작고 고운 할머니가 마루에 앉아 만두를 빚고 계셨다. 헌법재판소 앞 깡통만두, 정독도서관 옆 몽중헌, 인사동 취야벌 국시. 오랜 시간 정기적으로 다녀 온 만두 가게들이 있고, 그러고 보면 꽤나 자주 만두를 먹으러 간 셈이다. 냉장고에는 냉동 만두가 있고, 어딘가에 새로 만두집이 생겼다 하면 포장이라도 해서 올 만큼 열성이다. 라비올리,

타코, 케밥, 괴즐레메, 짜조, 세계 곳곳에 전분에 소를 넣어 만두처럼 만들어 먹는 음식이 있으니, 그것들을 먹으러 비행기를 타고 싶다. 이 음식들은 하나 같이 그 문화권을 대표하는 음식이지만, 길거리에서 흔하게 만나는 음식이다. 호흘불과교자好吃不過餃子, 아무리 맛있는 음식이 많아도 만두만 한 게 없다는 중국인들의 말처럼, 대단할 것 없는 생존 조건에서 의지를 그러모아 만든 음식은 산해진미 앞에서도 빛을 잃지 않는 것 같다.

승전을 장례로 하라. 여기에서 '부득이'라는 말이 나온다. 미움, 다툼, 나아가 전쟁, 살상. 그걸 인간의 본성으로 보는 사람도 있고, 탐욕의 발전된 형태로 보기도 하며, 정말로 전쟁을 인간 사회 불가결한 사건으로 보는 사람도 있다. 안 싸우면 되잖아, 그렇게 말하긴 쉬우나 정말이지 싸움은 도처에 있다. 골목을 나서면, 사무실에 앉아 컴퓨터를 켜면, 택시를 타면, 광화문 거리에 나서면, 청와대 앞 공원 분수에 가면, 멈춰 서는 곳마다 실로 다양한 다툼이 있다. 노자는 다툼에서 이겨라, 굴복하지 말라, 이런 말은 하지 않는다. 그렇다고 싸움을 피하라는 말도 하지 않는다. '부득이'다. 정말 어쩔 수 없이 다툼이 벌어지거든, 부득이 전쟁에 참여하게 되거든 이겨라. 앞서려면 오히려 몸을 뒤로 빼고, 안으로 보존하려면 오히려 몸을 밖으로 던져라. 싸움에서 이기거든 우쭐대고 기뻐하기 전에 상대를 위로해라. 그러나 장례를 치러주든 남이 차려 준 제삿밥을 먹게 되든 중요한 건 어쩔 수 없을 때 싸우고, 사사로이 다투지 말라.

'부득이'랄 것도 없이, 나는 낙타는커녕 표범처럼 전장 한복판에서 살고 있다. 돈, 일, 일에서 빚어지는 자기 주장, 옳은 의견, 의견의 엇갈림, 기대 그리고 기대에 못 미침, 이 모든 게 삶의 의지에서 빚어진 일이기에 쉽사리 어느 하나를 놓지 못한다. 그 의지가 때때로 다툼이 된다. 의지를 버리지 않으면서 싸우지도 않으려면 어떻게 해야 하는 것일까? 삶의 의지를 버리면 몸을 보전하지 못하게 되는 건 아닐까? 노자와 초희, 고양이 두 마리가 쫓고 쫓는 아비규환의 새벽 시간이 되면 조리대 앞에 서서 전기렌지로 냉동 만두를 덥히고 맥주 거품을 호록 들이 마신다. 이 조촐한 스탠딩 테이블을 차리기까지 나는 도대체 얼마나 많은 사람들을 원망하고 얼마나 많은 사람들과 다툼을 벌여 온 걸까? 이기지도 지지도 않으면서 생존을 이어가는 방식은 정녕 없는 것일까?

〈도덕경〉 5장

천지불인天地不仁

: 천지는 인자하지 않다.

# 신의 길은 신만 간다:
# 부초가 닿을 고요한 호숫가

천지, 세상은 인자하지 않다. 천지라는 단어는 보통 하늘과 땅을 나란히 갖다 붙인 표현이 아니라 그 안에 존재하는 모든 것, '세상'이란 의미의 관용어였던 것 같다. 인자하다 인仁은 인간 이성의 정합성, 상식에 어긋나지 않는다는 의미다. 그런데 천지불인天地不仁이란 이 문구, 세상은 인仁과 별개라고 한다. 보통 '자연스럽게'라는 표현은 순리대로 돌아간다는 의미로 쓴다. 그래서 인간의 삶도 '스스로 그러한' 자연에 놓아두면 순리에 올라타게 될 것이라 믿는다. 노자는 아주 간단하게, 그런 순박한 믿음을 저버린다. 그건 너, 인간의 바람일 뿐, 자연의 순리와 인간의 순리가 같은 줄 알았어? 아, 아니었다고요? 많이 냉정하다.

자연은 인간의 목숨, 감정과 상관없이 제 갈 길을 간다. 인간의 바람을 일부러 거스르는 건 아니다. 인간이라는 작은 일부를 따로 떼 놓고 각별히 신경 써서 배제해 줄 필요를 느끼지 못하는 것이다. 그러고 보니 벼락이 내 머리 위에 떨어졌다고 하면 그걸 자연의 역행이라 말해 줄 사람이 있을까 싶다. 나란 인간의 올바른 귀결이라 생각할 사람들이 떠오르긴 한다. 비오는 날 자연의 순행에 휩쓸리지 말아야겠다, 새삼 삼가는 마음이 생겨난다. 그렇다고 벼락을 살피는 나의 조심성, 몸의 신중함이 나와 자연의 대립 구도를 그리는 건 아니다. 언제 비바람이 닥칠지, 땅이 갈라질지, 운석이 날아올지, 나는 자연의 순행을 철저히 모르고 살아간다.

보통 자연을 닮아간다, 자연스럽게 살아간다는 사람들의 예시를 모아 보면, 산속에서 약초 캐 먹고 살며 중병이 나았다거나, 빌어먹을 주위 인간들과 떨어져 살다 보니 세상 편하더라는 정도다. 반대로 자연을 신적인 존재로 확장해 보면, 자연스러움의 귀결은 내가 간절히 바라고 기도했으니 서울 시내 대학에 갔다거나, 청약에 당첨되었다는 '복' 일색이다. 인간의 수명이 늘어난 것은 자연이 준 혜택 저 반대편에서 몸을 화학 약

품에 푹 담갔다 뺐기 때문이란 걸 모르지 않으면서, 그래서 결정적일 때 온갖 의료 행위에 더 적극적으로 매달리면서, 인간은 자신의 믿음, 소망, 사랑에 답하는 자연, 도, 신이 존재한다는 믿음을 놓지 못한다. 온 우주가 당신의 바람을 돕는다는 책을 낸 사람도 있었다. 그 책의 독자들이 TV 토크쇼에 나와서 한다는 말이, 우주의 기운이 빚을 갚아 주었다고 한다. 와, 이런, 3년 뒤에도 대출 원금 상환이 지지부진하면 그 책을 사 볼 생각이다.

우주의 기운이 도와주든, 천지신명이 보살펴주든, 간절한 기도가 이루어지든, '인'에는 인간들이 생각하는 올바름이 있다. '착하다'는 올바름이 아니라 다분히 인간적인 바람, 욕망의 실현 같은 거다. 될 놈은 된다는 믿음, 만날 사람은 만난다는 낭만, 간절히 바라니 되더라는 성취감. 그럼 나한테는 될 일이 뭐가 있었나. 인간사 바른 길에 내게 꼭 이루어졌어야 할 일이 뭐가 있었나. 좀체 떠오르지 않는다. 무언가 마땅히 되었어야 하는 것, 주어졌어야 하는 것, 그런 게 무얼까.

나란 인간에 대한 자각으로 매일 밤 가위에 눌리기 시작한 게 초3쯤 된다. 존재론적인, 종교적인 고민을 하는 영민한 아이는 전혀 아니었다. 감성적인 말로 가족들을 감동시키는 아이도 아니었다. 방향을 종잡을 수 없이, 쉬지 않고 '너무' 뛰어다니는 미물이었다. 그 미물이 잠들기 직전 일과가 엄마 옆에 누워 TV 드라마를 보는 일이었는데, 당시 엄마가 보던 드라마가 떠돌이 곡예단의 삶을 다룬 〈부초〉였다. 시리즈 말미 고두심 아줌마가 매우 비참하게 죽게 되는데, 그때 불현듯 산다는 것과 죽는다는 것이 어떤 차이일까, 숨이 많이 막힐까, 관이란 곳이 많이 답답할까 가슴이 갑갑해져 왔다. 익사를 목전에 둘 만큼 폐에 가득 겁이 들어찼다. 다음 날부터 매일 교회에 갔다. 거기서 숙제도 하고, 놀고, 실체를 알 수 없는 두려움을 오로지 신에게 맡겼다. 아이들을 재우고 늦은 밤 교회에 와서 기도를 하던 아줌마들까지 돌아가고 나면, 혼자 남아 기다란 교회 의자에 누워 잠을 잤다. 새벽 4시가 되면 목사님이 새벽 예배를 준비하는 소리가 들리고, 동네 할머니들이 하나둘 자리를 잡고, 엄마가 나 있는 곳을 찾아 앉았다. 그 시간들이 좋았는지, 엄마는 개신교 신자면서도 아주 오랫동안 내가 신부가 되길 바랐다. 그러나 그건 몇 시간 뒤 학교에서 패악질을 부리고 다닐 내 모습을 직접 목격하지 못해서였다. '인생이란 강물 위를 뜻 없이 부초처럼 떠다니다가' 하는 김광석의 노래 〈일어나〉를 듣게 되면 고두심 아주머니의 얼굴이 떠오른다. 김광석, 고두심, 이 두 분께 내 인생 빚진 게 많다.

성가대 탈퇴를 시작으로 급작스럽게 교회 문턱도 넘지 않게 된 건 중학교에 들어가자마자 병적인 변성기를 맞이하기도 했고, 그간 믿어 온 삶의 이유가 한꺼번에 와르르 하찮아지기도 해서다. 목사님 말대로, 신께 영광을 돌리는 게 내가 사는 목적일 수 있는 때는 지나버렸다. 의심의 뇌관에 불이 당겨졌고, 믿음, 의지, 순종 같은 종교적 미덕들이 연쇄적으로 피고인 자리에 앉았다. 인간이 과연 신을 영광스럽게 할 수 있는가? 인간의 어떤 행동이 신을 이롭게 하는가? 내가 어떤 사람이 되면 신의 격이 높아질까?

기. 천지만물을 창조한 일보다 위대하고 영광스러운 일이 또 있을까? 그 영광스러운 일을 끝낸 신이 인간의 사회적 성공 같은 걸로 영광을 받고 싶어 한다니, 너무 터무니없는 말 아닌가. 서울대 가고, 출세하고, 그랜저 타는 일이 '빛이 있으라' 말씀하신 창조의 역사에 버금간다고? 감사 헌금을 많이 내는 것이 예수가 물을 포도주로 바꾼 기적에 필적한다고? 인간 사이 학력과 부의 경쟁에서 우위를 나타내는 것으로 영광스러워질 위상이라면 신의 위상 치고는 너무 속물적인 거다.

승. 인간 입장에서야 할 수 있는 일이 잘 먹고 잘 사는 일이 전부일 수 있다. 그러니 합격도 하고 취업도 해야 한다. 하지만 그게 버거워 신을 찾는다. 눈앞이 막막할 때, 의지할 곳이 하나도 없을 때 죽지 않으려면 교회든 절이든 가서 토로하고,

기도하고, 의지하고, 의지를 다져야 한다. 그건 내가 무력감에서 교회에 의지하게 된 이유이기도 하다. 신은 나의 무기력에 상응해 반대의 위치에 있을 뿐, 아무 일도 하지 않았다. 그렇더라도 삶에 무력해질 때면 나는 가까운 교회에 가서 새벽 예배를 드렸다. 나는 그곳에 앉아 내게 삶의 의지가 또렷하게 들어앉아 있다는 걸 확인하고 돌아갔다.

전. 인간 세상에 관여하는 한, 신은 인간에게 영광을 받기 위한 존재다. 우주의 순리, 순행이 아니다. 인간과 고락을 함께하는 작은 신, 만신전을 드나드는 다정한 잡신이다. 그래서 '도'와 '진리'를 알려주기보다는 학비도 주고 생활비도 줘가며 뒷바라지를 해 주는 신이다. 이런 신이라면 가끔 고민 상담 정도는 하고 싶다. 물론 참치는 신이 사시고. 그러나 저 위대한 원리, 우주의 순리를 '믿음'의 대상으로 끌어내릴 인간 의지 같은 건 없어 보인다. 신은 왜 크고 작은 영광들을 지속적으로 갈구하시는 걸까. 창조하고 길렀다고 해서 공성이불거, 무주상보시이런 거 예외가 된다는 건가? 이 말들도 다 손수 창조하신 인간이 한 말 아닌가. 이게 오로지 한 인간의 고독한 토로였다면 나는 노자 〈도덕경〉 같은 건 왜 읽어 왔던 걸까.

결. 신을 위해서도, 엄마의 자랑을 위해서도, 좋은 대학을 가기 위해서도 살지 않겠다, 돈을 많이 벌기 위해서도, 좋은 직업을 위해서도 살지 않겠다 생각했다. 그러면 인생을 왜 더 살아야 하는 걸까. 대입, 취업, 생존. 할 일은 곧장 100대처럼 쌓여 있으나 그게 내가 내 목숨을 더 부양해야 할 이유가 될 수 있을까?

그걸 찾기가 어려웠다. 일요일 아침이면 교회 대신 '흑인 예수' 마이클 조단의 시카고 불스 티셔츠를 입고서 농구를 하러 갔다. 영화를 보러 가는 날도 있었고, 자전거를 타고 이 길 저 길 아무렇게나 쏘다녔다. 지금도 내가 자란 도시의 모든 골목, 친구들이 살던 집, 집터를 전부 기억하고 있다. 아쉽게도 여자 친구를 만나러 다니지는 못했다. 내 인생을 통틀어 가장 안쓰럽고 채워지지 않는 허虛다.

결혼도 하고, 고양이 두 마리가 바글대는 집에 살고 있는 지금까지도 내가 무엇을 부양하기 위하여, 어떤 목적을 위하여 살아야 하는지 확신이 없다. 내 존재의 이유가 누구, 혹은 무엇을 위해서가 아니라는 건 확실한 것 같다. 고양이 노자도 나를 위해 그루밍을 하는 것 같지는 않고, 아기 고양이 초희가 나 보기 좋으라고 손을 예쁘게 모으고 내 배게 위에서 잠드는 것 같지도 않다. 둘 다 각자 알아서 살아간다. 내가 그들에게 기여하는 부분이 있긴 하다. 간식을 주고, 화장실을 치우고, 아프면 병원에 데려가고, 받아 온 약을 캔 참치에 섞여 먹인다. 그래도 고양이들은 애원한다. 밖에 나갔다 오면 안 돼? 내가 앉을 곳보다 고양이가 앉을 곳이 많고, 쌀은 떨어져도 사료는 떨어지지 않는데도, 밖에 안 내보낼 거면 간식이나 줘, 짜증을 낸다. 어쩔 수 없이 저녁마다 맥주 캔을 따는 비율로 아침마다 참치 캔을 딴다.

　　나는 노자의 생각을 모르겠고, 초희가 다른 인간들 사이에서 나를 분간할 수 있는지도 모르겠다. 그 아이들도 나의 의도를 알 리가 없다. 목욕을 시키려고 안는 건지, 괜히 심심해서 안는 건지, 화분을 뒤엎었다고 혼내기 위해서 안는 건지. 치약을 먹이는 건지, 비타민을 먹이는 건지. 이거 놔, 지금 그럴 기분 아니란 말이야, 뒷발차기만 한결같다.

　　인간의 의도, 고양이의 의도는 각자의 것이다. 나는 이 아이들에게 신이 아니다. 내 의도로 할 수 있는 일이 없다. 기분에 따라 벌을 내릴 수도 없다. 같이 살아가기 위해서는 각자의 거리감을 지켜야 한다. 팔, 다리, 가슴팍, 얼굴에 고양이 털이 묻어 있고, 고양이에 밟혀 잠이 깨지만, 그게 저 아이들을 내다 버려야 할 이유는 아니다. 식탁에 앉아 있으면 노자가 냉장고 위에서 나를 내려다보고, 침대에 누우면 초희가 겨드랑이 밑에서 담요를 '꾹꾹' 누른다. 내 허벅지, 배, 가슴, 엉덩이 아무데나 '꾹꾹이'를 하다 본래 잠자리인 피아노 위로 돌아가면, 내 주변은 온통 초희 침으로 축축하다. 그렇게 스치고 안고 안길 때마다 우리가 아주 살짝 기대어 살고 있다는 생각이 든다.

천지가 있고, 내가 있다. 천지 운행의 원리와 나의 바람은 다르지만, 인왕산을 걷거나, 수성동 계곡에 발을 담그면 내가 자연에, 내가 사는 공간에 살짝 기대어 있다는 감각이 인다. 천지는 인간에 관여하지 않는다. 인간은 천지를 모른다. 살짝 기대 있는 것으로, 그래서 서로의 심기를 건드리지 않는 선에서 한 평생 정도는 살아갈 수 있을 것 같다. 나의 짧은 생각으로 영원까지는 헤아리고 싶지 않다.

〈도덕경〉 25장

오부지기명 吾不知其名

: 나는 그 이름을 알지 못한다.

# 누가 내 이름을:
# 노자는 자신이 노자라는 사실을 알까?<sup>*</sup>

*나희덕의 시 제목에서

나는 그 이름을 알지 못한다. 이름을 붙이려면 고정적 형태를 가지고 있거나 일정하게 반복되는 현상을 체감할 수 있어야 하는데, 도에는 형체가 없고, 여러 가지 것들이 혼재되어 있어 뭐라 한 마디로 규명할 수가 없다. 그 이름을 알 길이 없으니 그저 '도'라고 부르기로 했다. 말로 하기에 가장 큰 것이 '도'이기 때문이다.

노자는 노담이라고 불리기도 했고, 성이 이 씨라고 하는데, 주나라 도서관 관장이었다고 한다. 노자라는 호칭은 노 선생님 같은 존칭인데, 사실은 노 씨라 그렇게 불렸을 수도 있으나, 보통은 나이 들었다는 의미로 노선생이라 불렸을 거라 생각된다. 공자가 주나라에 갔다가 노자를 만나 지혜를 물었다는 이야기가 있다. 노자가 무어라 했는지는 전해지지 않지만, 공자가 제자들에게 내가 새나 물고기는 알아도 용에 대해서는 아는 게 없어 무어라 말할 수가 없는데, 그는 용과 같은 사람이라는 인상 평을 남겼다고 한다.

노 선생님은 도와 덕에 관한 5,000자를 남겨 '도' 학파로 일가를 이뤘지만 그가 함곡관이란 곳에서 그 책을 쓰고 사라진 뒤 아무도 그의 행적을 알 수 없었다. 그 자신은 은둔의 철학자가 되었으나, 그의 철학은 모든 인간이 평등하게 살아가던 때를 확신했고, 다스리지 않는 다스림을 펼치는 성인이 나타나 그 시절을 회복하기를 바랐다. 그는 세상을 등지고 산속에서 살아가라 가르치지 않았다. 각자 자신들이 살고 있는 세상에서 스스로 그러한 '도'에 따라 평등하고 편안하게 살기를 바랐다. 그러나 그는 '도'의 이름을 알지 못했다. 천지보다 앞서 어지럽게 섞인 것이 있었다고 생각했고, 거기에서 천지와 만물이 비롯되었을 거라는 것까지는 추정해 볼 수 있었다. 하지만 그 혼돈, 마구 섞여 있는 상태를 뭐라 불러야 할지 몰랐다. 한 마디로 규정할 만한 단어를 찾을 수가 없었다. 그것이 무엇인지 아무리 보아도 보이지 않고(이夷), 들어도 들리지 않고(희希), 만져도 만져지지 않았다(微). 피치 못하게 이것들을 세세히 파악하려는 시도를 포기하고 하나로 뭉뚱그려 볼 수밖에 없었다. 그런 다음 본인 스스로 아, 이런 건 억지스러운데, 하고 생각했지만, 일단 '도道'라고 쓰고 '대大'라고 이름 붙이기로 했다. 그런다고 그 이름이 '도'라고 명명된 건 아니었으며, 그 실체가 단지 '크기'만 하다고 생각하지도 않았다. '도'라고 하든, '대'라고 하든, 혹여 '신'이라고 하든, 누가 뭐라 하든 알아서들 쓰고 발음하는 건 상관없지만 자신이 선택한 글자로 그 '도'를 포착했다거나 파악했다고 착각하진 말라고 경계했다.

그는 인간의 언어, 인간 이성의 결론으로 포착된 도는 도가 아니라고 생각했다. 도는 인간의 언어, 인간의 바람, 인간적 옳음과는 관련이 없었다. 나는 그 이름을 알지 못한다, 이 소박한 고백으로 노자는 절대적인 깨달음, 진리가 '이것이라' 설파하는 사람들을 훌쩍 지나쳐 버렸다. 인간 언어에 고착된 도는 구체적 시간과 공간에 가두어지기에 인류 보편의 도가 될 수 없다. 진리의 절대성은 그것이 말해진 시공을 떠나면 매우 소박하고 지엽적인 지침이 되어 버린다. 돼지고기를 먹지 말라, 술과 점술은 사탄이 행하는 불결한 행위다, 이혼의 권리는 남성에게만 있다. 구체적 기술, 형상은 절대적 자유가 아니라 절대적 속박을 위한 도구였다.

기원전 6세기 터키 서쪽 해안 클로폰에 살던 크세노파네스는 사자들이 신을 상상한다면 그 신은 사자의 모습일 거라고 말했다. 인간이 신의 형상을 본떠 창조되었다는 믿음은 단지 신을 상상한 주체가 인간이기 때문이다. 그런 쓸 데 없는 상상하지 마라, 너의 빈약한 상상력과 신을 한통속으로 엮지 말라. 노자에게도 세상의 근원적 존재는 인간의 형상이 아니었다. 인간뿐 아니라 어떤 형상도 갖지 않으며 매우 질서정연한, 안정된 상태라 생각할 수도 없었다. 그래서 우주, 세계를 질서로 파악하고 혼란을 악으로 파악한 사람들에게 혼란이 왜? 뭐가 나쁜데? 하고 반박한다. 세상의 질서가 무엇인데? 곧 파괴될 질서라면 애초 질서가 아니었겠지. 너는 파악이 안 되는 걸 가지고 이름까지 붙이려고 하는 거야. 억지스럽게 이름은 붙일 수는 있으나, 그것으로 혼란을 질서화하려고 시도하지도 말고, 사람들을 속이지도 말라. 노자의 제자들이 유학자들을 싫어하는 이유였다. 너희가 예절을 강조하는 이유가 뭐야? 세상에 예의가 깨졌기 때문이지. 너희가 주장하는 건 고작 예의가 깨진 세상을 회복하기 위한 예의범절일 뿐이야.

태어나고 얼마 동안 나에게는 이름이 없었던 것 같다. 신생아의 생사가 불확실해서는 아니었다. 뽀얗고 토실한 게 겉보기에는 마치 지중해 세계의 운명을 짊어진 아이인 듯싶었다. 그렇다면 이 아이의 이름을 무어라 할까. 신의 사자가 나타나 아킬레우스, 혹은 왼손인대라는 이름을 알려주지 않았기에 산모 일행은 용하다는 작명소를 수소문해야 했다. 공교롭게도 그 작명소의 대략적인 위치가 경복궁역 3번 출구 근방, 지금 내가 사는 집 가까이에 있었다고 한다. 반나절을 기다려 책상 앞에 앉자, 작명가가 대뜸 한다는 소리가 이 아이의 얼굴이 이러저러하지 않느냐, 작명가가 아니라 박수무당처럼 말했고, 엄마는 신생아 생긴 게 다 거기서 거기지 무슨 얼굴 같은 소리를 하고 있냐, 찾아 온 보람은커녕 기분이 완벽하게 잡쳐서 그래 그 말이 맞는 거 같다며 나머지 시간을 건성건성 버텨내려고 했다. 그러나 건성으로 버티기에 하루는 너무 길었다. 꼬박 24시간이 지나 다시 만난 작명가가 내민 글자는 澔(호)였다. 李(이)는 확률 상 조선후기 '혼돈'의 시절 나의 조상 되시는 분이 김, 이, 박 중 하나를 골라잡았을 가능성이 크다. 권, 민, 최, 채, 같은 성들은 워낙 드문 탓에 금방 양반 아닌 게 탄로 났을 테니, 생각이란 걸 할 줄 아는 사람이라면 그나마 흔한 김이박 중 하나를 골라잡았을 것이다. '李' 다음 글자는 형제들에게 공통으로 적용되는 글자였다. 작명소에서 1박 2일 동안 한 일이 무려 '호' 한 글자를 고른 것이었다.

작명가는 손수 먹을 갈아 화선지에 澔라고 썼다. 그리고 옆에다 한글로 '호, 빛나다'라고 주석을 달았다. 흔히 쓰는 '넓을 浩(호)' 가운데 '흰 白(백)'이 들어갔으니 다들 그 글자가 널리 빛이 나는 모양일 거라 넘겨짚었다. 작명가가 아이의 피부가 하얗다는 사실을 잘도 맞췄으니 '빛나다'의 의미가 담기게 된 거라 대강 속아 넘어가 주기로 하고, 집안을 빛내는 기둥이 되어라, 그렇게들 꿰맞추고 살았다.

그 오독의 역사에 종지부를 찍은 건 옥편을 자유자재로 폈다 덮었다 할 수 있게 된 15세의 나 자신이었다. 도서관에서 굉장히 두꺼운 옥편을 샅샅이 뒤진 결과 나의 '빛나는' 호澔자는 그저 넓기만 한 호浩자와 같은 글자였고, 설명에도 매우 간단히 '浩와 같은 글자'라고만 쓰여 있었다. 빛을 품고 있었을지도 모를 가운데 글자 백白의 잠재성은 15년 만에 '숨겨진 것 없이 보이는 게 전부였음'으로 판명 나고 말았다. 그 사건이 있기 8년 전 엄마는 큰 아들의 마지막 글자 榮(영)이 樂(락)으로 바뀐 취학통지서를 받아들고서, 한자도 모르는 동사무소 직원에 대한 분노를 삭이며 지금껏 사랑을 담아 부르던 이름이 아닌 발음조차 낯선 이름의 명찰을 새겨 아들의 가슴에 달아주었다. 별 뜻도 없는 이름 같은 거에 의미 두지 말자, 조선 시대도 아니고 성이니 돌림이니 신경 쓰지도 말자, 민주적이고 진취적으로 이름이 배제된 가정이었다.

살아오며 나의 행동이나 생김으로 붙여진 별명은 없었으나 내 이름 그대로 부르는 친구는 드물었다. 다들 저마다 부르고 싶은 대로 부르고, 빈도수가 압도적으로 높은 호칭도 없었다. 발단은 누군가 아무 생각 없이 '호'를 '옥'으로 바꾼 것이었다. 거기에 '희'가 붙어 '옥희'가 되었다가, '오키'가 되었다. 다른 한편에선 발음을 빨리해 '쬬'로 부르다가, '쥐'로 변형되었다가, '쥐'를 번역하며 '깁미give me'가 되는 등, 아무튼 정신적인 노력이 전혀 엿보이지 않았다. '옥' 불규칙 변화를 처음 만들어 낸 친구는 어느 주말 아침 전화를 걸어 〈몬스터〉라는 만화를 밤새 보았다며, '요한아, 옥요한'을 반복해 부르다 끊었다.

"나 진짜 그 만화 보면서 너무 소름 끼쳤어. 너를 보는 것 같았어."

나중에 그 만화를 빌려 보니, 요한, 무시무시하게 나쁜 놈이었다. 지금껏 나를 요한이라 부르는 그 친구가 퇴근하고 며칠 밤 애를 써 이 책의 노자 그림을 그려 주었다. 주는 게 많은 친구다.

정규직 면접을 개판 치고서 뒷구멍으로 월 50만원 계약직으로 들어간 회사에서 처음 판 명함에는 '조주'라는 이름을 써

넣었다. 엄마의 성과 우리 형제의 공통 글자 '주'를 조합한 이름이었다. 그러자 대번 '조르주'라고 부르는 인간이 나타났고, 소설가 조르주 페렉을 좋아하니 '음, 그렇게 부르는 것도 나쁘지 않네' 싶었는데, 결혼을 하고 나자 같이 사는 사람이 '조르주'를 변형해 '쭈쭈르'라고 부르는 지경에 이르기도 했다. 그게 어쩐지 '어쭈?' 하는 어감을 품고 있어 집안에서의 내 위치를 각인시켜 주는 '경각' 신호처럼 들렸다.

3개월 된 검은 아기 고양이가 처음 우리 집에 맡겨졌을 때, 자신의 집 지하 주차장에서 고양이를 구조했다며 이름이 박두만이라 소개했다. 그 친구가 박 씨여서는 아니고, 아기 고양이 얼굴이 배트맨을 닮아서 한국식으로 박두만이라 했다는 것이다. 우리 집에서도 한동안 두만이라 불렀다. 박두만이, 괜찮다. 그런데 두만이에게는 용맹, 늠름 대신 사교성과 식탐이 있었다. 같이 살기에는 아주 좋은 아이였다. 인간의 음식에 입을 대거나, 끓는 냄비 가까이 가거나, 화분을 파헤칠 때 목덜미를 잡고 큰소리로 꾸짖으며 머리나 콧잔등을 때리면 주눅이 들어 책장 안이나 소파 뒤로 숨었다가도, 내가 태어난 지 세 달 된 아이에게 무슨 짓을 했나 자책하고 있으면 어느새 "나는 기분 상한 일 없는데" 하듯 무릎 위로 뛰어 올랐다. 뒤끝이 없는 아이였다.

아기 고양이의 마음은 항상 나보다 몇 걸음 앞서갔다. 화를 낸 건 난데, 위로해 주는 건 손바닥 위에 네 발을 올리는 작은 생명체였다. 아기 고양이는 내 심성의 밑바닥을 비추는 거울이었다. 내가 얼마나 협애한 놈인지, 고양이보다 더 동물적으로 살아가는지. 그래서 두만이를 노자라고 바꿔 불렀다. 노자路子, 길에서 태어난 아이. 노상路上이면 길바닥이고, 노자는 거기서 태어났다. 노정路程이면 먼 길의 경로로, 길에서 태어나 한동안 나와 함께 살아갈 아이라는 의미였다.

이름과 달리 시간이 지날수록 노자와 나는 함께할 수 있는 일이 거의 없었다. 아침에 일어나서, 퇴근하고 돌아와서, 하루 두 번 10분 정도씩 안겨 있는 게 전부였다. 그 20분의 할애가 전적으로 노자가 나를 생각해 준 것이었음을 알게 된 건 새 고양이 초희가 오면서였다. 노자가 나를 싫어하게 되거나, 서운함을 느끼는 건 아닌 것 같았다. 다만 더 이상 안겨주지 않겠다는 의지를 확실하게 보여주었다. 하지 마~, 나~아~. 이건 정확하게 인간과 동일한 계이름, 뉘앙스였다. 나와 노자가 스칠 때는 노자가 참치를 달라고 보챌 때나, 내가 냉장고를 열고 오늘 반찬을 고민할 때뿐이다. 먹고 난 뒤나, 내가 아무것도 주지 않을 것 같다는 걸 파악하고 나면 깨끗하게 마음을 접고 다음 날 아침까지 멀찌감치 떨어져 있다.

두 살 반이 되면서 노자가 자꾸 집밖 탈출을 감행했다. 처음에는 2시간 만에 귀가하다, 날로 시간이 늘어나 12시간 만에 귀가를 하다가, 마침내 하루를 거의 다 보내고 돌아왔다. 집안에 노자와 함께 놀 아기 고양이가 있으면 어떨까? 가출을 덜할까? 그렇더라도 시기는 노자가 다섯 살쯤 됐을 때로 미뤄두었다. 노자도 아직 아기인데 새 관계를 어떻게 받아들일지, 둘 사이에서 빚어질 역할을 어떻게 감당해 나갈지 걱정이 되었다. 그런데 또 다시 구조 소식과 보호 의뢰 전화가 왔다. 몇 번인가 사정이 안 된다고 거절을 한 적이 있었으나 막 구조된 아기 고양이 사진을 보는 순간 우리 집안에서 노자와 노는 모습이 아니라 내 손바닥 위에 앉아 자는 모습이 그려졌다. 저 아기를 쓰다듬고 싶다.

잠든 아기 고양이를 손바닥 위에 처음 올려놓던 날, 아기 이름을 '아라'라고 지었다. 노자처럼 고양이가 구조된 장소에서 따 온 이름이었다. 그리고 그 어감처럼 아주 작고 애교 많은 여자아이였다. 딱 하루 동안만. 산속에서 구조된 아이는 감기 기운이 조금 있었지만, 건강한 편이었고, 처음보는 공간, 사람에 전혀 겁을 먹지 않았다. 도착하고 두 시간 만에 소파에 기대 앉은 내 목덜미를 감싸고 잠이 들었다. 얌전히, 사랑스럽게 하룻밤을 자고 일어난 '아라'는 집안을 폭주하기 시작했다. 노자의 모든 자리를 빼앗고, 온갖 구석을 헤집고 다녔다. 서 있는 것만으로 신기한 아기 고양이가 경계심 그득한 덩치 큰 고양이 앞에서 마음껏 활보하는 모습이 '아라'라는 이름 갖고는 안 되겠다 싶었다. 아기 고양이가 제 덩치의 열 배는 될 검은 고양이에게 서슴없이 덤벼들자 노자는 간식을 마다하고 냉장고 위로 뛰어올라가 사흘간 고공 단식 농성을 벌였다. 함께 사는 동안 한 번도 들려주지 않았던 울음소리와 표정, 인간의 실수인 건가, 이제 와 돌이킬 수도 없고 어쩐다, 난감하고 착잡한 사흘을 보냈다.

하지만 사교성 많고 착한 아이답게, 사흘째 되던 날 농성을 풀고 땅으로 내려와 아기에게 다가갔다. 아이에게 뒷발로 얼굴을 얻어맞으면서도 핥아주고 안아주고, 잠자리를 빼앗겨주었다. 약간의 걱정이라면 '아라'가 그걸로 만족하지 않는다는 것이었다. 아라는 24시간 노자를 따라 다니며 얼굴을 때리고 꼬리를 물고 목덜미를 움켜쥐고, 노자의 밥그릇에 머리를 디밀고, 모든 장난감을 독차지했다. 아기에게 새 이름이 필요했다. 생각나는 이름은 '초희'밖에 없었다. 허난설헌에 관한 책들을 읽고 그녀의 생가, 무덤을 다녀 온 지 얼마 안 된 때였다. 태어난 세계, 조건에 굴하지 않는 인간 허초희의 생기가 고양이 초희에게서 느껴졌다. 고양이 초희가 억눌린 것 없이, 두려움 없이 자신의 존재를 다 소진시킬 수 있도록 내가 돌봐 주고 싶었다. 난설헌, 허초희를 기리는 마음이었다. 초희, 노자라는 이름은 실제 고양이들과 관련 없다. 초희든 노자든, 두만이든 아라든, 이 이름들은 오로지 이 아이들과 살아가는 인간의 마음하고만 관련돼 있다.

고양이들이 가장 민감하게 반응하는 것은 청각이지만 초희는 유독 초희라고 부르는 소리에는 반응하지 않는다. 눈도 뜨지 않는다. 노자는 분명 '노자' 하는 소리를 알아듣는 것 같다. 귀만 움찔할 뿐 반응은 하지 않지만. 노자가 즉각 반응하는 건 간식 서랍 열리는 '딸깍' 소리지만 초희는 그 소리가 아니라 노자의 움직임에 반응한다. 노자의 움직임에 귀를 쫑끗 세운다. 어디선가 노자가 야~옹하면, 검고 큰 고양이랑 놀아야지 하며 덤벼든다. 노자가 밥을 먹으면, 크고 검은 고양이가 밥을 먹네 하며 노자의 밥그릇에 머리를 들이밀고, 검고 큰 고양이가 귀찮아하며 2층으로 올라가면, 추격전이구나! 본격적으로 노자를 괴롭힌다. 그렇게 엎치락뒤치락 하다가도 현관 비밀번호 누르는 소리가 들리면 갑작스레 행동을 멈춘다. 경계심. 누군가 저쪽으로 들어온다는 신호. 거기서 내가 나타나기도 하고, 아이들이 엄마로 여기는 사람이 나타나기도 한다. 문을 열면 고양이 두 마리가 나란히 앉아 우리를 올려다보고 있다. 소리 없이 바라보기만 하는, 고요하고 다정한 마중이다. 눈을 똑바로 마주하고 있는 고양이 노자는 내가 생각하는 고양이가 아니며, 초희는 내가 이름을 따 온 허초희와 관련이 없다. 澔(넓을 호)자를 쓰든, 熇(빛날 호)자를 쓰든 나란 인간을 구성해 온 물질, 환경, 세계관 들은 변하지 않는다.

내 삶이 어떤 형태를 띠고 있는지, 그게 손금, 사주, 관상, 성명으로 형태가 잡혀 있는지, 그게 과연 어떤 그림일지 나로선 잘 그려지지가 않는다. 누군가 한 번도 안 입은 옷이라며 다른 사람에게 선물한 옷을 그 역시 한 번도 안 입은 옷이라고 또 다른 사람에게 넘겨주고, 그런 식으로 누구도 입어 본 적 없는 새 옷이 아무도 입을 생각 없는 헌옷이 되어 가는 과정이 내가 살아 온 삶은 아닐까 싶다. 떠오르는 기억 전부 다 내 모습이 확실하나, 어쩐지 내가 지나쳐 버리고 싶은 모습들뿐이다. 이제 그런 모습으로 사는 데 질렸고, 지쳤다. 그렇다고 그 모습들을 떨치고 성숙이나 현명 같은 단계에 진입할 가능성도 보이지 않는다. 내가 가는 길은 먼 순환선이고, 벌써 500바퀴쯤 돈 것 같다. 다음 도착할 장소도 예상할 수 있다. 그렇다고 늘 그런 모습, 그런 감정으로 도착하는 건 아니지만 새로운 모습이라 할 수도 없다는 게 이 순환이 악순환이 아닐까 의심스러운 이유다. 이 순환선의 이름은 노자이기도 하고, 초희이기도 하고, 조주이기도 하고, 쭈쭈르이기도 하다. 그걸 억지로 하나로 꿰맞추자면 '한평생'이라 부를 수도 있겠다. 그러니까 나의 한평생, 내 생명의 목적은 사회적 목적에 다가가거나 합일되는 것이 아니라 나의 생명을 지키고 유지하는 데 있는 듯하다. 살아남기 위해 살고 있는 것이다. 삶에서 빚어지는 어느 사건 하나 '나' 아닌 것이 없다.

초원의 치타처럼 직선으로 질주하고 싶은 마음이 들 때도 있었다. 그러나 이제 내 삶에 주어진 굴곡진 테두리를 분명히 의식하고 있다. 그게 갑갑하긴 해도, 끝내 벗어날 수는 없을 것 같다. '도'와 달리 내게는 형체가 있고, 지역적, 유전적, 환경적 제약이 있다. 그래도 나의 삶이 질서보다 혼돈에 섞이거나 스치기를 바라며, 마음은 항상 그 혼돈에 뒤섞여 있길 바란다. 그 혼란 속에 머물며 굽은 나무로서 내 주변의 생명들과 엇비슷한 속도로, 천천히, 사라지고 싶다.

〈도덕경〉 1장

도가도<sup>道可道</sup> 비상도<sup>非常道</sup> 명가명<sup>名可名</sup> 비상명<sup>非常名</sup>

: 도를 도라고 해도 늘 그러한 도가 아니다.

이름 지으면, 늘 그러한 이름이 아니다.

# *또 태초의 아침:
태초라는 거짓말들

*윤동주의 시 제목에서

서울에서 가장 오래 산 곳은 한강 가까이 합정, 망원이었다. 공연을 하든, 레코딩을 하든, 함께 사는 사람의 주 활동 무대가 홍대였고, 내가 살던 때만 해도 그곳은 보증금이 넉넉하지 않은 학생, 음악인, 미술인 들이 득실대는 동네였다. 술집도, 카페도 지금처럼 많지 않았다. 불안정한 생활의 막막한 심정을 털어놓고 싶을 땐 한강으로 갔다. 걷고, 운동하고, 생각하고, 캔 맥주를 마시고. 종로로 이사를 오고 난 뒤 좀체 해소될 수 없던 부분이 한강이었다. 인왕산, 북악산, 삼청공원. 한강에서 느끼는 공간감, 드넓은 시야가 주는 강렬한 해소감을 대신할 수 있는 곳은 어디에도 없었다.

계절이 한 바퀴 돌고 두 번째 계절을 맞이하면서 강에서는 느끼지 못했던 사계의 미묘한 변화들이 아주 조금씩 눈에 띄기 시작했다. 강이란 게 늘 강이라 기상의 변화와 바람이 세고 적고의 차이가 있을 뿐이지만, 산에서의 사계는 매일매일 아주 조금씩 진전, 만개, 소멸했다. 계절은 한 걸음씩 진행된다. 잎사귀 색, 새로 난 가지, 꽃봉오리, 개화, 자라난 풀, 열매, 풍경은 늘 새롭게 조합된다. 기원전 540년 전후 터키 에페소스에서 태어난 철학자 헤라클레이토스가 말한, "같은 강물에 두 번 뛰어들 수 없다"는 끊임없는 변화는 한강이 아닌 인왕산에서 느낄 수 있었다. 그간 가장 좋은 경치라면 비오는 날 광화문 안으로 들여다보이는 경복궁, 비온 뒤의 수성동 계곡, 안개 짙은 날의 삼청동 공원, 저녁 무렵의 안동교회와 선학원, 밤늦은 시간 와룡 공원에서 내려다보는 종로와 성북의 야경이다. 경회루는 어떤 계절, 어떤 시간에 찾아가도 한동안 마주보고 있어야 할 풍경이다.

한강에 근접한 공간감을 느낄 수 있는 곳은 역시 인왕산 정상밖에 없었다. 그러나 인왕상 정산까지 가는 길은 산책의 범위에 들지 않았다. 이도저도 없이 힘들기만 한 오르막. 탈진한 기분을 느끼고 싶을 때는 러닝머신이나 경복궁 담벼락 둘레를 뛰어다닐 필요 없이, 사직단에서 인왕산 정상까지 30분 등

산이면 완전히 초월한 탈진의 세계로 접어들 수 있었다.

"오르막과 내리막은 하나다. 언제나 같은 길이다."

헤라클레이토스가 어떤 상황에서 무슨 의미로 한 말인지는 모르겠으나, 인왕산 정상으로 향하는 가파른 계단을 오르다 심장을 쥐어짜며 뒤돌아보면, 탈진의 최면 상태에서 그래 같은 길이야 같은 길, 하고 만트라를 외우고 있었다. 지금보다 조금 어렸을 땐 전적으로 오르막만 힘들었다. 내리막에서는 장딴지 조금 아래 가자미근을 쓰기에 익숙하지 않은 근육을 써서 움직임이 부자연스러워지기도 하고, 내려갈 때 무릎이 받는 하중이 늘어나기에 다리 힘이 더 빨리 빠질 수 있다. 그러나 몸에 힘이 있으면 이런 이야기를 무시해도 된다. 오르막만 참아내면 금세 내려갈 힘을 거뜬히 회복할 수 있는 까닭이다. 요새는 오르막을 오르고 나면 힘이 완전히 소진되어 다리가 후들거린다. 헛디디면 골짜기에 묻힌다, 살금살금, 살금살금 하는 마음으로 발을 내딛는다. 그래서 인왕산 정상에 닿으면 부암동에서 올랐든, 사직동에서 올랐든 무조건 부암동 방향으로 내려간다. 내려갈 땐 사직동 코스의 매우 급한 경사와 계단이 더 위협적으로 느껴져서다.

부암동 창의문에서 북악산 정상으로 오를 때도 마찬가지다. 그 급한 계단을 올라갈 수는 있으나 내려올 생각은 들지 않는다. 멀리 성북으로 돌아서 내려가도 될 만큼 시간이 많지 않다면 북악산에는 오르지 않는다.


"반대되는 것은 서로 끌어당긴다."
"조화로운 것이 조화롭지 않은 것과 만날 수 있다는 것을 깨닫지 못하는 사람들이 있다."


헤라클레이토스는 상반되는 것들은 결국 하나이며, 이것들 사이의 다툼이 변화의 내적 동력이라고 말한다. 그 유명한 말, 판타 레이, 만물유전. 만물은 변한다. 같은 강물에 두 번 뛰어들 수 없다는 선언은 상반되는 것들 사이의 '투쟁'에서 비롯된다.

헤라클레이토스의 말을 인왕산에다 자유자재로 갖다 붙이는 건, 그가 한 말들이 일관된 저술로 전해지는 것이 아니라, 여러 책 속에 매우 단편적으로 흩어져 내려왔기 때문이다. 그는 오로지 129개의 파편으로만 존재하며, 그의 사상은 사람에 따라 다르게 재구성되어 왔다. 하나의 파편이 어떤 맥락에서 나왔는지조차 알 수 없기에 그에겐 신비의 사상가, 수도자, 어두운 사람이라는 수식이 붙어 있지만, 놀랍게도 그는 생전에도 똑같은 평가를 받았다고 한다. 어둠의 철학자. 수수께끼 철학자. 그는 에페소스 도시를 건설한 안드로클로스의 후손이라고도 하고, 왕족 출신이라고도 한다. 큰아들이라 왕위를 물려받아야 했으나 그 권리를 동생에게 넘겨주었다, 바실레우스라는 최고 사제직을 동생에게 넘겨주었다, 출신에는 약간 차이가 있으나 뒷이야기는 같다. 이후 그는 권력에 관심을 두지 않고 세계 7대 불가사의로 꼽히는 아르테미스 신전에 틀어박혀 일평생 오로지 진리를 추구했다.

알렉산드로스 왕이 찾아와 원하는 건 모두 말하라고 하자 거기 서서 햇빛을 가리지 말라고 한 디오게네스와 비슷한 일화가 그에게도 전해 온다. 궁정에서 도시의 명망가들이 전부 모여 회의를 하는 날이었다. 헤라클레이토스도 참석자 명단에 들어 있었다. 사람들이 전부 모이고, 시간이 한참 지났는데 헤라클레이토스가 나타나지 않자 궁에서 시종을 보내 헤라클레이토스를 데려오게 했다. 시종이 신전에 도착해 보니 헤라클레이토스는 동네 아이들과 주사위를 던지며 놀고 있었다. 궁에서 모두 기다리고 있으니 어서 가셔야 합니다, 시간이 늦었습니다. 그러자 헤라클레이토스가 말한다. "더러운 암시장에 가는 것보다 아이들과 노는 것이 더 즐겁지 않겠나."

철학 사조 같은 걸로 분류할 때 헤라클레이토스에게는 로고스 철학자라는 설명이 붙는다. 그가 살아 있을 당시 로고스는 '말하다'라는 단어의 명사형, '말'에 해당하는 단어였다. 그 뜻이 확장되어 '이성'을 뜻하기도 했고, 인간의 생각, 논리, 법칙으로 파생되어 쓰이기도 했다. 이 로고스란 단어에 처음으로 우주론적 의미를 부여해, 우주의 질서와 법칙을 표현할 때 사용한 사람이 헤라클레이토스다. 로고스를 철학의 대상으로 삼은 최초의 사람이었던 것이다. 그는 세상이 로고스에 의해 생성되고 운행되므로, 로고스를 갖고 태어난 인간이 깊이 탐구하고 사색하면 세상의 법칙을 깨달을 수 있다고 생각했다. 그의 로고스가 가 닿은 세상의 질서, 법칙은 '변화'였다. 그러나 무턱대고 변신을 거듭하는 슬라임 같은 물질이 아니라 건강/질병, 삶/죽음, 빛/어둠, 평화/전쟁 같은 양극단에 있는 대립쌍들이 서로 반대 상태에 숨어 다투고 투쟁하며 고정된 상태로 머물지 않는다는 투쟁 속의 변화, 운동 발생 원리로서의 변화였다. 세상 어떤 것도 고정되어 있지 않다, 즉 모든 것은 흐른다, 판타레이. 그가 죽고 약 500년 뒤, 에페소스에서 또 한 명의 로고스 철학자가 인류 문명에 두고두고 회자될 저작을 남긴다. '요한'이란 이름으로 추정되는 인물이 신약성서 〈요한복음〉 첫머리를 집필하며, "태초에 말씀이 계셨다. 이 말씀은 하나님과 함께 계셨으므로, 이 말씀이 곧 하나님이다."라고 쓴다. 태초에 로고스가 있었다. 로고스가 곧 하나님이다. 로고스의 도시 에페소스에서 자란 요한은 로고스를 변화가 아닌 절대적 진리로 파악했다. 이 문구가 인간 이성에 전도적인 비약을 일으킬 걸 상상이나 했을까.

〈도덕경〉에서 가장 중요한 구절은 첫머리 '도가도 비상도, 명가명 비상명'이다. 어떤 책이든 이 구절이 노자 철학의 집약된 문장, 도교적 우주론의 천명이라고 말한다. 그런데 어쩐 일인지 다음 문장들부터 나는 요한의 반전이 주었던 불편함을 느낀다. 물론 그저 내가 불편을 느낀다는 것이지 그 해석들이 틀렸다는 말이 아니다. 누가 내린 해석이든 나는 그것을 검증할 능력이 없고, 〈도덕경〉을 '올바른 해석'이란 목적으로 읽어 오지도 않았다. 이 책을 앞에 두고 내가 바라는 것은 올바른 해석과 이해가 아니라 책 안의 문장들이 나에게 어떻게 받아들여지는지, 이 문장들로 나는 나 자신을 어떻게 변화시킬지 하는 물리적 재구성이다. '이성'이 아닌 '몸'의 문제다. 여러 해석들의 간격이 꽤나 벌어져 있을 때는 경구를 암기하기보다 지금 내 안에서 빚어지고 있는 갈등과 오해에 어떻게 적용할지만 고민한다. 내가 느낀 불편함은 독서의 전개에서 비롯된다. 집필에도 전개 순서가 있듯, 독서에도 일정한 맥락 지도가 있다. 지금 당장 인용할 수 있는 출판사 세 곳의 '도가도 비상도' 해석을 그대로 옮겨 보면,

"노자는 도를 제외한 만물을 상대적인 것으로 간주했으니, 의식작용에 의해 개념화되고 고정화된 현상계 (…) 항상 변화무쌍한 상대적 세계이다." - 휴머니스트

"궁극 실재 혹은 절대적 실재는 우리의 제한된 표현을 초월한다는 주장이다. (…) 이름이나 속성을 붙이면 그것은 이미 그 이름이나 속성의 제한을 받는 무엇으로서의 절대적인 도일 수가 없는 것이다." - 현암사

"도는 모든 근원이며, 본체며 (…) 세상에서 말하는 도는 참다운 도가 아니다. 불변의 도가 아니다." - 솔

위 세 해석 말고도 내가 도서관에서 빌려 읽은 다른 두 종의 책도 '도가도 비상도, 명가명 비상명'을 '우리가 도라고 이름 붙인 도는 절대적 도가 아니다'라고 해석하고 있다. 이 해석을 분해해 보면,

① 절대적인 도, 불변의 진리를 가정하고 있다.

② 행여 어떤 인간이 '이것이 도이다'라고 말하거나, '도'라는 이름을 붙인다고 해 봤자 절대적인 도는 그 단어 안에 포착되지 않는다.

그러니까 이 해석들은 오르막은 오르막이고, 내리막은 내리막이라는 각각의 이상적 전제, 이데아가 있다는 듯, 절대 불변의 도, 절대적 진리가 있다고 말하고 있다. 정말 노자는 '도'를 불변의 진리라고 파악했을까? 진위야 내가 내릴 수 있는 결론이 아니지만, 나는 노자의 '도'를 요한의 '불변'으로 한정 짓는 저 지혜들이 거북하다.

"도가도 비상도는 의미에 간섭하는 언어, 중재하고 안내하는 언어의 기능을 근본적으로 부정하는 의도로 서술한 것이다." - 휴머니스트

지금 이 해석이 매우 전형적인 도덕경 1장의 결론이다. 처음 책을 시작할 때는 노자의 우주론이 집약되어 있다고 말했으면서, 1장 해석을 마무리할 때는 '도'에 관한 웅장한 웅변, 서론은 온데간데없고 인간의 언어는 믿을 수 없다는 회의적 언어관만 덩그러니 남아 있다. 도란 무엇인가라는 책을 쓰는 첫 장의

천명이 고작 인간의 언어는 믿을 게 못 된다 정도로 끝나 버린다. 어째, 노자가 굉장한 변명을 하고 있는 것처럼 들린다. '여기에는 굉장한 비밀이 숨겨 있는데'로 시작했으나 굉장하지도 않고, 비밀보다는 가십에 가까운 이야기를 들려주는 유튜브를 보는 것 같다.

내가 거부하는 건 노자 문구를 누가 어떻게 해석했느냐가 아니라 이 해석자들이 공통적으로 말하는 '불변의 진리'다. 눈앞에 진리가 무엇인지는 말하기 어려우나 불변의 진리가 있고, 그것이 인간의 언어에는 포착되지 않는다고 말하는 건 너무나 쉬운 전개다. 〈도덕경〉 1장이 근원적인 인간 언어의 부정을 말하고는 있지만, 노자적 언어관을 피력하기 위한 장은 아니다. 그렇다면 '도가도 비상도 명가명 비상명'이란 구절은 앞으로 전개될 '도' 탐구에 관한 서문밖에 되지 않는다. 이제부터 내가 도에 관해 이야기할 텐데 '도'라는 글자에 집착하면 안 돼.

내가 이 장을 받아들이는 단계는 이렇다.

① 도를 '도'라 하면 안 된다는 서술 속에는 '이미' 인간의 이성으로 절대화한 '도'를 경계하라는 의미가 담겨 있다.

② 인간이 언어로 포착한 도, 그리하여 인간 언어에 고착된 도는 사자라든가, 인간이라든가, 일정한 형태에 구속되게 되고 형식적 '도'는 인간에게 절대적인 진리, 불변의 진리를 강요한

다.

③ 노자는 천지는 불인不仁하므로 인간 이성으로 도를 파악하려 들지 말라, 로고스는 항상 흐르는 것이므로 육화된 인간, 인간의 모습을 한 진리를 믿지 말라고 말했다.

④ 그리하여 노자는 오부지기명, 나는 그 이름을 모른다고 했다. 名, 이름의 세계는 유형의 세계이므로 도의 세계가 아니다. 그래서 알았다고 하는 순간, 그것은 언어적 깨달음일 뿐이므로 언어 도단의 세계인 도를 깨달은 게 아니라는 고백을 동시에 하게 된다. '깨닫다'는 '깨닫지 못했다'와 동시에 존재하는 딜레마의 상황이다.

⑤ 따라서 인간이 할 수 있는 것은 아는 것이 아니라 추구하는 것이다. 끝없는 추구, 그것이 인간이 도와 마주하는 유일한 자세이다.

⑥ 성인이 말없는 가르침, 행불언지교行不言之敎를 하는 것도 '도'가 알려줄 수 있는 대상이 아니기 때문이다.

⑦ 추구는 끝내 알 수 없을 거라는 고백이기에 지무지知無知의 다른 표현이기도 하다.

⑧ 불변, 절대가 존재하지 않으므로 상常을 불변의 진리라 해석할 수 없다. 그렇다고 '변화'라고 할 수 있을까?

⑨ 상전벽해, 판타 레이는 아닐지 몰라도 노자가 불변의

진리를 '도'라 한 게 아니란 건 확실하다.

⑩ 도는 언어 인식 너머에 있고 절대적 진리, 변화하지 않는 형상이 아니란 것 말고 인간이 알 수 있는 게 없으므로, 추구의 구체적 행위는 '절대' '불변'의 권위와 끝없이 투쟁하는 것이다.


불변의 진리에 의존하려는 해석은 우리가 사는 시대의 '절대성 신화'에서 온다. 현존하는 인간들이 상상할 수 있는 태초는 당연히 '가정'되는 태초일 수밖에 없으나 태초에 얽매여 불변의 존재를 상정하는 것으로 인간 세상에 질서를 부여하고자 한다.

노자 〈도덕경〉이 쓰인 건 기원전 300년 이전 중국 전국 시대였다. 성서가 문자화된 건 기원 후 1세기, 지금의 모습으로 편집된 건 4세기, 불경은 대략 기원전 480년 석가 죽음 직후 1차 결집부터 편찬되었다. 인류의 신화가 만들어진 게 기원전 3000년이고, 이때의 기록이 점토판에 남겨져 있다. 글자라는 걸 창조해 기록까지 남겼는데 고작 밥, 고양이, 엄마 좋아 정도는 아니지 않았을까. 시간이 한참 흘러, 기원전 800년 그리스에 처음 문자가 도입되는데, 시리아, 레바논 일대에 거주하며 지중해 무역에 종사하던 페니키아 사람들이 만든 문자라고 한다. 페니키아인들이 만들어 낸 글자는 이전의 상형 문자나 설형 문자와 다르게 25개 정도의 기호로 축약된 표음 문자였다. 현재 쓰이는 알파벳의 원형이다. 하지만 서양사, 서양 철학사는 페니키아 사람들이 문자를 만들기는 했어도 사상이나 철학은 따로 없었다고 일관되게 가르친다. 매우 현대적인 글자를 만들어낸 사람들이지만, 글자를 만든 이유가 오로지 상업, 돈벌이였기 때문에 이 글자로 문학을 만들어 낼 생각까지는 하지 못했다. 그들은 매우 현실적이고 호전적이고 돈벌이밖에 몰랐다. 인류 최초로 알파벳을 만들어 내고도 독자적인 철학서, 시한 줄 지어내지 못하고 오로지 물품 목록이나 외상값이나 적었다. 이 글자가 인류의 찬란한 문명으로, 철학으로, 문학으로 거듭나게 되는 건 그리스 사람들을 만나고 나서다. 그리스 사람들은 인류 처음으로 자연, 세계의 시원과 운행 원리를 탐구하고, 세계 속에서 '나'의 위치를 정립한 민족이 되었다. 기원전 800년 이전 사람들은 아무 생각도 없이 문자를 만들고, 피라미드를 만들고, 법전을 짓고, 맥주를 만들어 제사를 지냈다. 심지어 맥주를.

그 서양 철학의 신봉자들이 한구석에서 발굴해 낸 수메르 유적에는 기원전 5000년 수메르들이 독자적인 설형 문자로 적어 놓은 문구들이 있다.

"일찍 심은 곡식이 무성할지, 늦게 심은 곡식이 무성할지, 우리가 어떻게 알겠는가?"

"처자식을 부양하지 않은 남자의 코에는 끈이 매여 있지 않다."

"황소는 쟁기를 끌고, 기르는 개는 밭고랑을 망치고."

"쾌락을 위해서는 결혼을, 사색을 위해서는 이혼을."

수메르인들은 점토판이나 집 담벼락에 이런 속담, 경구, 푸념들을 수없이 남겼다. 그리스 사람들보다 최소 2000년 먼저 도시를 만들고, 문자를 만들고, 보편적 학교 교육을 실시하고, 신학, 식물학, 수학, 문법 교과서를 만들고, 저녁에 보리로 만든 술을 마시며, 세상사 누가 잘 되고 못 될지 어떻게 알겠나, '판단 중지'를 실천했어도 그들에겐 철학이 없었다. 예수 탄생 3000년 전에 신전을 만들고 인간의 형상을 한 신상을 수없이 안치하고서, 우주의 원리와 사회적 원리가 하나라 여기고 살던 사람들이지만 '태초에 말씀'이 계셨다는 걸 몰랐다. 어떻게 이 두 가지 역사가, 아니 역설이 한 세기, 한 세계에 공존할 수 있을까. 하나가 사실이라면 나머지 하나는 신념이다. 수메르 발굴 기록이 날조가 아니라면 그리스, 로마, 기독교의 역사는 신넘이어야 한다. 그러니까 지금 우리 세대가 태초라고 생각하던 관념 자체가 허구일 수 있다. 만물이 어디서 생겨났는가. 탈레스는 현상계의 배후에 존재하는 원질이 '물'이라고 했고, 그의 제자 아낙시만드로스는 원래부터 있었고, 앞으로도 무한이 있을 '아페이론'에서 나온 온기와 냉기가 세상을 구성하고 있다고 말했고, 그의 제자 아낙시메네스는 공기가 우주의 원질이라고 말했다. 일찍이 사자들은 사자처럼 생긴 신을 상상할 거라며 인간적 신관을 비판했던 크세노파네스는 대지에서 천체가 생겨났다고 믿었고, 로고스의 철학자 헤라클레이토스는 불이 세상의 원질이라 주장했다. 누구는 끝없는 윤회라고 했고, 또 누구는 절대적 진리의 '말씀'이라고 했다.

물, 불, 흙, 공기 4원소니, 팽창과 수축이니 창조니 업의 순환이니 하는 건 이제 와선 전혀 과학적으로 읽히지 않는다. 하지만 빅뱅과 우주 팽창이라는 과학 지식은 정말로 지식이라 할 수 있는 걸까? 거대한 폭발과 팽창으로 우주가 생겨났다는 이론과 그리스 자연 철학자들이 물, 불, 흙, 공기라는 자연 요소가 폭발하고 팽창하고 수축하며 소멸과 생성을 거듭한다는 기록이 대체 어디가 다른 것일까?

모든 태초는 허상이다. 태초는 분명히 있었겠지만, 태초에 관한 상상은 헛되다. 그것은 과학이 아니라 관념이다. 인간이

고민해야 하는 지점은 답이 무엇이냐가 아니라 답이 있을 수 있느냐 하는 것이고, 탐구란 걸 해 볼 것도 없이 인간은 증명의 한계라는 벽 앞에 서서 '판단 중지'를 선언하게 될 것이다. 노자가 도를 뭐라 생각했건, 플라톤이 이상적인 통치자를 누구라고 생각했건, 사람들이 예수를 만인의 왕이라 여기건 그건 태초나 진리의 탐구가 아니라 각자에게 주어진 시간을 자기 나름의 올바름으로 헤쳐 나가기 위한 수단일 뿐이다. 신의 이름으로, 도의 이름으로, 이성의 이름으로, 이상향의 이름으로. 판타 레이, 끝없는 변화 속에서 자신의 사멸을 알고 느끼고 살아가는 인간들은 다들 저마다의 방식으로 주어진 시간을 버텨 내 왔다. 거리에서 불신지옥, 영원한 천국을 외치고, 사막에서 태어나 평생 삼겹살 맛을 거부하며 살고, 인도에서 태어나 자신의 여자 형제를 명예롭게 불 태워 죽이고, 종교, 국가, 미디어 전부 다 자기만의 시간을 헤쳐 나가고 있는 고독한 분투들이다. 모든 신념은 애처롭다. 커다란 권위 아래 자발적으로 무릎 꿇고 그 안에서 평안을 찾으려 하는 삶의, 정치의, 종교의 보수적 자세도 그래서 애처롭다. 한정된 시간을 살아가는 나의 절대적 불안을 해소하기 위해 절대적 권위를 지닌 폭력 안으로 스스로 걸어 들어갈 것인가? 그 영광스런 빛은 생의 자유가 아닌 무덤의 입구다. 나는 죽기 전까지 내 앞에 놓인 모든 무덤들을 건너

뛰고 싶다.

이름을 남긴다는 건 소멸을 향한 애달픈 투쟁에서 도출된 임시방편일지 모른다. 나는 인간이 누군가에게 기억되기 위해 산다고 배워 왔다. 그러나 돌아보니 그저 나의 시간을 헤치고 버텨 왔을 뿐이다. 기억이란 헤라클레이토스의 단편들처럼 여러 사람의 머릿속에 파편으로 남을 뿐이므로 그 파편을 모아 봤자 '나'라는 한 사람의 온전한 실체, 존재 이유로 재구성되지 않는다. 흩어진 기억들로 재구성된 정체성은 제대로 봉합되어지지 못한 바늘 자국, 흉터를 남긴다.

그래서 생각한다. 태초가 물질 이전이었는지 물질의 혼재였는지, 경전이 있기 전에, 말씀이 있기 전에 살았던 사람들이 꿈속을 헤매 다녔는지, 완전한 보노보 공동체를 이루며 살았던 건지, 그들 사이에 철학은 있었는지. 생각 끝에 나는 그 모든 말씀들을 다 알아야 할 필요가 없다, 어떤 말도 위대하지 않다, 어떤 말도 항상 그러하지 않은 현실을 설명할 수 없다, 정도에서 추구를 멈추기로 했다.

헷갈린다. 대체 앞날, 막막한 미래를 헤쳐 나갈 랜턴 불빛을 밝힐 전지는 무엇이란 말인가? 당장 오늘을 생각하고, 오늘 못한 일 때문에 내일을 생각한다. 진전, 진보, '공성'에 부합할 행동은 떠오르지 않는다. 내게 주어진 시대를 그런대로 샅샅이 살아가고 있지만, 시대의 활발한 변화 어디에서도 하나의 고정된 올바름 같은 건 포착되지 않는다. 현재도 미래도 아니라면 어떻게 하루 시간을 보내야 할까? 남은 건 과거를 수정하는 일뿐이다. 그러고 보니, 세상의 도가 항상 그러하지 않아야만, '비상도'여야만 나는 내 실수, 후회, 상처를 극복하고 내일을 맞이할 수 있을 것 같다. 나는 태어나면서부터 도에서 너무 멀리 있었다. 나의 어미 새는 올바른 소리를 냈으나, 그가 속한 사회는 음치 합창단이었다. 절대적 빛과 합치되기에 내가 살아 온 계곡의 음습함이 너무 짙었다. 나는 상처 받았고, 상처 주었고, 똑같은 실수를 주기적으로 반복해 왔다. 상처 없고 실수도 없는 내일을 기약할 수 없을 만큼 헛된 다짐을 거듭해 왔다. 어제를 수정하지 않고선 내일이라 할 수 있는 시간이 올 수 없다. 변화 없는 삶, 혹은 변화 속에서 변화를 인지하지 못하는 삶만 되풀이될 것이다. 시간의 덫, 그것이 나를 둘러 싼 세계다. 그럼에도 나는 변화하길 원한다. 애절하게 갈구한다. 내일이 존재하길 간절하게 바란다. 그리하여 부득, 이제껏 살아온 것들을 비워낸다. 애초에 태어나길 90리터 소형 냉장고여서 양문형 냉장고로 태어난 사람들처럼 많은 걸 담고, 포용하고, 몇 년이고 깜빡 잊고 살아갈 수가 없다는 걸 이 나이가 되어서야 알았다. 문을 열면 저 안까지 훤하고, 담아 둔 건 금방 썩어 버리고, 새로운 걸 채우려면 오래된 걸 비워 내야 한다. 내 미래란 해야 했으나 하지 못한 일, 내가 상대적으로 약해서 받은 상처, 내가 상대적으로 강해서 준 상처를 하나씩 수정한 다음 날의 어느 아침이다.

그러나 나의 다짐, 혹 변명은 아킬레우스와 거북이의 경주처럼 오로지 사변 속에서 직선의 공간을 소수점으로 무수히 쪼개고 쪼개며 나를 앞질러 간 모든 이들의 운동성을 부정하고, 그들이 절대 내 앞에 서 있는 게 아니라고 우겨대 왔다. 지금 나의 현실 지각은 그 쪼개진 사변의 소수점 위에 서 있다간 지금의 삶조차 유지할 수 없다는 걸 알고 있다. 나는 경험해 보고 싶다. 미래라는 것을, 오늘의 강물을, 내 몸을 스쳐가는 '늘 그러하지 않은 강물'을. 오늘의 변화에 뛰어들어 머리까지 푹 담그고 싶다. 영화를 영화 감상 속에서만 경험한 사람들은 영화 역사상 존재해 본 적 없는 가상의 태초, 10점을 추구하며 현실의 영화에 별점 6점을 매기지만, 나는 내 경험 속에서 그때그때 무수한 10점의 순간들을 만끽하고 싶다. 오로지 변화할 뿐이라는 사실을 받아들이기 위해 그 지긋한 반복 속에서도 내가 변화했다는 증거를 찾아내고 싶다. 인간은 '포착'이라는 뒤늦은 과정을 통해서야 실제적 변화를 느낀다. 비만이 저울 눈금이 아니라 뚱뚱해졌다는 인식에서 오는 것처럼, 나는 이제야 시간이 제거된 소수점의 가상 공간이 아니라 사멸해 가는 생명의 공간으로 조금씩 발을 뻗고 있다. 그럼으로써 살아가는 데 필요하다 여겨 왔던 수없이 좋은 말씀들을 전부 잃어가고 있다. 살아왔던 매 순간 그 말씀에 의지했던 건 아니지만, 말씀을 잃는 건 내 기억 하나를 덜어내는 일이다. 내가 한 권 한 권 오랫동안 책장을 채워 왔듯 비워내는 과정도 더딜 것 같다. 그리고 언젠가 모든 것을 비워낸 헛헛한 마음이 되었을 때, 나는 비로소 만족 없이, 추구 없이 오늘 하루를 살아갈 수 있을 것 같다. 그러나 그런 상상마저 또 다른 절대적 장면일 뿐이니, 생각을 고쳐먹고 어제 하지 않고 미뤄 둔 일이 무엇인지 생각해 본다.

〈도덕경〉23장

도자동어도 道者同於道,

덕자동어덕 德者同於德, 실자동어실 失者同於失

: 도를 구하는 자는 도와 같아지고,

덕을 구하는 자는 덕과 같아지고,

잃음을 구하는 자는 잃음과 같아진다.

# *진리를 가져오지 마세요:
# 내 방 흰 벽에 스쳐가는 영상들

*올더스 헉슬리의 시 제목에서

추구하면 추구하는 대상과 닮아간다. 이런 말을 사실로 받아들이며 살지는 않는다. 무슨 뜻으로 하는 말인지는 알겠으나, 그 뜻이 내 삶에서 현실로 이루어질 거라는 생각은 하지 않는다. 꿈을 크게 가져라, 사람은 꿈을 닮아간다. 그런 유의 아름다운 말을 실제로 믿고 사는 사람이 얼마나 되는지는 모르겠지만, 확실히 많은 이들이 이런 유의 말을 좋아하는 것 같다. 누군가를 따르다 보면 그의 행동과 생각을 모방하게 되고, 모방하다 보면 대상과 닮아간다. 도와 덕이 어떤 행동을 유발하는지 분명치 않다는 게 문제긴 하지만, 도를 모방하면 도를 닮아간다는 걸 언어적으로 이해하는 데는 전혀 어려울 게 없다. 예수를 닮고자 하는 게 기독교인들의 숭고한 삶의 자세고 올바른 목표 설정이다. 언젠가 예수와의 궁극적 합일을 이루게 될 일은 없겠지만, 살아가는 동안 자신의 의지는 그나마 기댈 만한 의지처가 돼 줄 것이다. 그러나 도가 유형의 것이 아니라면, 도가 무엇인지, 예수의 삶이 무엇인지, 그래서 구체적으로 어떤 모습을 닮고자 추종해야 하는지, 닮아가야 하는지, 이런 허울 좋은 문장들은 삶의 구체적 상황을 절대 제시하지 못한다. 문장이나 말에서 가장 중요한 게 허울이니 탓할 일은 아니지만.

닮아가야 할 명확한 대상을 갖고서 누군가를 추종한다는 게 삶의 어느 단계까지는 유용할 수 있다. 그러나 그게 정말 이상적인 삶인지는 모르겠다. 대상은 대상이고, 유형, 인간 언어의 세계이고, 변화하고 쇄락할 것이며, 추종은 추구가 아니기 때문이다.

"공자가 말씀하시길 진실한 인간이라면 같은 듯하면서도 같지 아니한 인간, 사이비를 가장 싫어한다."

맹자에 나오는 말이다. 공자는 겉은 비슷하나 실제로는 그렇지 않은 인간, 사이비를 가장 싫어했다. 내가 사는 현실에서 사이비란 말은 주로 대상과의 합일을 가장하는 추종자를 지목

한다. 목사는 예수가 아니며 진리는커녕 진리의 대리인도 될수 없다. 노자가 누누이 말하듯 천지는 인간의 도덕률, 윤리와 관련이 없다. 인간의 성스러움은 그저 인간의 성스러운 유위에 불과하고, 스스로 그러한 도는 저 멀리 있다. 맹자는 이어 말한다. 사이비들은 잘못을 잡아내려 해도 잡아낼 수가 없고, 트집잡히지 않도록 겉모습을 잘 포장하고 있다. 세상 속에 완벽하게 자리 잡고서 세상의 비리와 너무나도 쉽게 타협하며, 처신할 때는 마치 충성스러운 것 같이 하고, 사람들 사이에서 염치를 잃지 않는다. 대중들은 그를 좋아한다. 하지만 이것들을 다 뛰어 넘는 가장 역겨운 점은 그들 스스로도 그들이 옳다고 믿는 것이다. 노자의 '현인', 소크라테스의 말상대들과 너무나 닮았다.

부처를 죽이고서 스스로 부처의 길을 가지 않는 사람, 실제 고행뿐이었던 부처의 삶을 말씀으로만 추종하며 종교 자산가가 되어 있는 사람이 과연 부처나 진리와 합일되었다고 할수 있을까? 그보다 추구해 본 적은 있을까? 예수를 논리적 구성물로 만든 바울이 기독교의 창시자는 될 수 있었겠지만, 예수와 진정 합일될 수 있었을까? 예수의 아나키즘, 홀로 선 인간의 자유를 추구해 본 적이나 있을까? 스스로의 길이 아닌 모든 길은 사이비로 접어든다. 그리고 사이비들은 결국 자신의 길을 간다. 그가 추종한다는 대상을 세워 두고 그의 거룩함을 찬양하면서 대중과의 거리를 벌려 놓은 뒤 스스로 그 권위에 들어앉는 '소 잡는 꽃놀이' 길. 신의 은총, 신의 노여움, 신의 예비를 모두 사유화한다. 사이비라는 수도꼭지가 열리지 않는 한 신은 자신의 신도들에게 다가가지 못한다.

내가 목격해 온 온갖 종교 지도자들은 일생 동안 예수도, 부처도 누려보지 못한 권위를 누렸다. 아주 소박하게라도 예수보다는 잘 먹고 잘 살고, 부처의 자손들보다 번성했다. 종교의 울타리 밖에선 자신의 의견을 직위로 이론화하여 사람들을 압박하여 이익을 챙기는 사이비들이 있었다. 이른바 늙은 교수들, 입만 벌리면 플라톤, 아리스토텔레스, 데카르트, 칸트, 헤겔, 마르크스, 들뢰즈, 라깡, 푸코 같은 고유명사들을 던져 놓고서 그 저자들의 권위 있는 저작물이 자기 뜻의 등 뒤에 있다며 반박할 여지를 틀어막았다. 어떤 교수가 무슨 말을 했다, 뉴욕의 한 신문사가 이런 말을 했다. 그 말이 세상에 던져졌을 때는 하나의 의견이었을 뿐이지만, 인용됐을 때는 권위 있는 통계, 연구, 진리로 둔갑했다. 서울 한 공립대 교수가 행한 고등어구이와 미세먼지의 상관성 연구와 우리 동네 고양이 혐오자들이 행한 알레르기 연구에 어떤 학문적 차이가 있을까? 사이비의 말들은 항상 그런 식이다. 처음엔 누군가를 인용하며 근거로 삼고선, 그 근거 위에 올라서서 꽃놀이를 즐기는 건 자기 자신뿐이다.

〈도덕경〉의 23장은 희언자연希言自然이란 말로 시작한다. 5장에 나오는 다언삭궁多言數窮, 말이 많으면 자주 궁색해진다는 말과 대비하여 자연은 말을 적게 한다, 말이 적은 게 자연스럽다, 말이 없는 것이 스스로 그러한 것이다 등으로 해석된다. 자연은 고정된 명사가 아니라 명사적 외형을 한 끝없이 변화하는 움직임이다. 희언자연의 언言, '말'은 전적으로 인간에 관한 것이다. 언어는 인간 로고스의 본체이므로 인간은 말로써 도에 가까워져야 한다. 그러나 도에 근접한 '어느 적절한 때' 인간은 말과 절연하고 자연의 세계, 스스로 그러한 세계로 진입해야 한다. 인간 로고스와 단절된 상태, 온갖 인간 정리情理와 절연한 상태. 인간은 언어를 도구로 도에 다가가지만 말과 논리가 유실된 상태에서야 도의 경지에 이를 수 있다. 말이 드물어지는 건 자연에 가까워지는 단계다.

그러나 그 다음 구절, 표풍부종조飄風不終朝, 취우부종일驟雨不終日 구절로 넘어가면 희언자연을 이런 식으로 해석하면 안 되겠다 싶어진다. 원래대로 자연은 말이 드물다, 정도로 해석해야 그 다음 문장, 거센 바람은 아침나절 내내 불 수 없고, 소낙비는 종일 내릴 수 없다. 누가 그렇게 하는가? 천지다, 이런 흐름으로 읽힌다. 그 다음으로 해석 상 천지도 오래 갈 수 없는데 하물며 인간이 영원할 수 있겠는가, 하는 말이 이어진다. 인왕산, 북악산의 매우 가파른 오르막은 오래 가지 않는다. 새벽녘 한옥 마을 지붕을 거세게 내리치는 소낙비는 정오를 넘기지 못한다. 표풍과 취우는 천지의 작은 현상이다. 인간도 자연의 작은 현상이다. 표풍, 취우 인간의 바람, 욕망. 거대한 자연의 순환 안에는 표풍도 있고 취우도 있고 나도 있다. 이것들은 오래 가지 않는다.

여기까지는 그런대로 이해된다. 하지만 그 아래 동어도자 도역락득지同於道者 道亦樂得之, 동어덕자 덕역락득지同於德者 德亦樂得之, 동어실자 실역락득지同於失者 失亦樂得之에 가서는 내 멋대로 오해하는 것도 힘들다. 실자失者, '잃어버린 사람'이 무슨 뜻인지 감이 잡히질 않는다.

가장 많은 빈도수로 통용되는 해석은 (도) / (덕, 실) 이렇게 두 층위로 나누는 것이다. 덕德은 얻다, 득得의 의미가 있으므로 도를 최상위에 놓고 도를 얻는 것과 잃는 것 두 의미 단위로 구분하는 것이다. 도를 얻고자 하는 사람은 도 역시 그를 즐겨 얻으려 하며, 도를 잃고자 하는 사람은 도 역시 그를 즐겨 잃고자 한다. 달라는 사람에게 주지만, 마다하는 사람까지 챙기진 않는다.

그런데 주로 한자 전문가들은 덕을 덕 그대로 해석한다. 도, 덕, 실 세 글자를 별도로 해석하면,

① 도와 같아지려는 사람은 도 역시 그를 즐겨 얻으려고 하고,

② 덕과 같아지려고 하는 사람은 덕 역시 그를 즐겨 얻으려고 하며,

③ 잃음과 같아지려고 하는 사람은 잃음 역시 그를 즐겨 얻으려고 한다.

바로 여기서 나의 이해가 갈팡질팡한다. 잃음과 같아지는 게 무슨 뜻일까? 이 부분의 모호함을 해결하기 위해 '잃다'의 목적어로 도와 덕을 넣는 사람도 있다. 풀어 쓰면 '도와 덕을 잃고자 하는 사람은 도와 덕도 그를 즐겨 잃는다.'가 된다. 뜻은 이해가 간다. 하지만 ①과 ②를 해석할 때는 목적어를 넣지 않았다. ③번 문장에만 '도와 덕'이라는 목적어가 삽입되었는데, 이 세 문장을 아무리 뜯어 봐도 이게 다른 구조의 문장 같지가 않다.

어떤 사람은 '도를 얻은 사람'이라는 주어가 세 문장 전체에 생략되어 있다고 설명하기도 한다. (도를 얻은 사람은) 도가 있는 세상에서는 도와 함께하고, 덕이 있는 세상에서는 덕과

함께하고, 도를 잃은 세상에서는 도를 잃은 그대로 함께한다는 뜻이다. 화광동진, 내가 도를 안다고 해서 빛을 뽐내지 않고 세속과 함께 살아가면서 도를 잃은 세상 사람들에게 도를 깨우쳐 준다는 것이다. 이런 식의 설명 뒤엔 불교 참선의 명징한 반영, 거울처럼 어느 세상에 가건 있는 그대로 비춰주는 것이 도 있는 사람의 삶이라는 부연이 따른다. 이러거나 저러거나 좋은 뜻이긴 하다. 그런데 이런 식으로 해석하면 '도'의 작용을 설명하는 것이 아니라 도를 깨우친 인간이 어떻게 살아가는가를 설명하는 게 된다. 물론 '성인-도를 얻은 사람'을 〈도덕경〉 문장의 전체 주어로 삼을 수도 있지만, 천지불인을 해석할 때는 인간과 자연, '도'를 별개의 것으로 보았다가 이 부분에 와서 '도'와 '도를 깨우친 자'의 행위를 같은 맥락에 놓고 해석하는 건 문장을 푸는 것이 아니라 뜻을 꿰맞추는 것이다. 게다가 이름 붙일 수 없는 '도'를 인간적 행위로 축소시키는 것이기도 하다. 누누이 반복되는 로고스의 인간화. 도를 설명해 나가는 게 지난한 작업이라는 건 알겠지만, 시도가 어렵다고 갑작스레 천지의 법칙, 원리를 '도를 깨달은 사람'의 사는 방식으로 가볍게 대체해 버리는 건 도를 대하는 너무나 극적인 반전, 말 뒤집기다.

〈도덕경〉을 읽는 재미는 그것 그대로 삶의 지침이 되어주기도 하지만, 도대체 해명할 수 없는 세상의 머나먼 진리에 관해서 어떻게든 설명해 보려 애쓰는 작업의 위대함, 실패의 여정에 있기도 하다. 나는 그 이름을 모른다, 노자의 그 고백이 정말로 멋스럽다. 억지로 무위를 가장하지 않아도, 지무지知無知에 닿아 있는 것이다. 아이러니하게도, 인간 삶의 목적은 대개 그 실패의 여정에서 생겨나기도 한다. 실패를 알지만 그게 추구를 멈출 이유는 되지 못한다는 자기애, 자아. 온갖 종교는 '무아'를 추구하는 듯하지만 노자는 무아가 삶의 목적이 아니다. 무아는 삶의 목적이 될 수 없다. 삶 자체가 무아를 알아가고, 무아가 되어가는 과정이므로 삶은 삶의 유지에만 힘쓰면 된다. '무아'를 추구하는 건 '종교적'으로 세상을 견디는 방식이다.

　살아가는 목적, 이유는 오로지 살아 있는 행위에서 생겨나고 찾아져야 한다. 노자의 경구들은 마치 삶의 저편에서 존재 이유를 해명해 가고 있는 듯하지만, 노자를 따라 가다 보면 결국 삶의 목적이 삶 자체에 있다는 사실에 붙들리고 만다. 천국, 영원한 삶, 다음 생애로 나의 삶의 이유를 규정하는 것이 아니라 지금의 목숨을 유지해 가는 방식, 태도가 바로 나의 삶의 전부일 수 있다고 넌지시 이야기해 준다. 노자는 줄곧 도와 덕을 이야기하고 있지만 이 부분에 와서는 혹시 나에게 태도, 의지를 말하고 있는 게 아닐까 싶어진다. 이럴 때 마지막 구절, 내가 이해하지 못한 동어실자 실역낙득지同於失者 失亦樂得之는 전혀 다른 방식으로 받아들여진다. 잃음도 추구할 여지가 있다는 것이다.

인간은 사랑을 얻으려고 사랑을 할까, 사랑을 잃으려고 사랑을 할까. 무수한 연애, 만남과 헤어짐은 못해 봤지만 20대에는 이런 물음을 자주 떠올렸다. 구애가 사랑을 얻으려는 과정일 수 있으나, 사실 사랑이란 것은 커다란 상실을 대비하는 경험이기도 하지 않을까? 잃는 삶, 잃어버리는 삶은 인간 생애의 다 같은 결말이잖나. 각각 삶의 양상은 거기까지 가는 태도에서 달라지는 게 아닐까. 죽음이라는 궁극적 이별, 상실에 이르기까지 얼마만큼의 희생, 배려, 인내를 발휘해야 할까. 실패한 연애에는 들어 있지 않은 결혼의 질긴 결속력은 거기에 있었다. 그러나 어떤 게 진정 사랑인가 하는 점에서는 이것인지 저것인지 선택하기 어렵다.

20대엔 누군가를 만나고, 여행을 하고, 뭔가 세상에 없던 일을 해 보려 시도할 때마다 무언가를 이루겠다는 목적 의식보다는 젊은 시절을 허비하고 탕진하겠다는 감정에 더 몰두해 있었다. 자연스런 결과로 실패가 거듭되었고, 애초부터 그 과정들 전부 뭔가를 얻기 위해 벌인 건 아니었지 않나, 당연하게 견녔다. 고양이 두 마리, 한 명의 사람과 함께 사는 지금은 어떤 행위도 순수하게 잃기 위한 과정에 할애할 수가 없다. 내가 가진 경험은 무언가를 할 때가 아니라 하고 난 일을 재구성할 때 빚어지는 것이었고, 그렇게 얻어진 경험은 되도록 없는 쪽이 살기 수월했다. 그리고 지금은 가족의 건강, 재정, 관계가 '당분간은 지속'되는 데에 열중하고 산다. 20대의 균열은 새로운 창조력을 낳는 바탕이었지만, 나이 들어서의 균열은 삶을 완전히 끝내 버릴 수도 있다.

그렇더라도 사랑을 얻으려 하는가, 잃으려 하는가 하는 판단에 있어서는 헤라클레이토스의 오르막과 내리막처럼 완전히 같은 이야기 아닌가 싶어진다. 물론 내가 반대에 투신하는 일은 없을 것이다. 그것은 전적으로 소모다. 그러나 인간 생애 사랑의 결정적인 단면은 오히려 잃는 쪽에 있을지 모른다. 나는 그 선명한 폴라로이드로서 시인 백석과 연인 자야의 이야기를 기억한다.


주중 산책이 주로 인왕산과 경복궁 주변이라면, 주말은 삼청동을 지나 삼청공원에서 산을 넘어 성북으로 간다. 성균관대학교 후문을 지나 와룡공원에서 성곽 길을 따라 내려오면 가장 먼저 마주하는 곳이 카페 '일상'이다. 그곳에 앉아 오늘의 원두를 내려 마시며 10분 정도 쉬었다가 만해 한용운 선생이 살던 심우장으로 가기도 하고, 동네 골목을 거슬러 옛돌박물관에 가보기도 하지만, 보통은 거기서 곧장 길상사로 간다. 길상사는 법정 스님이 계시던 곳으로 유명하지만, 내가 그곳으로 가는 이유는 그늘진 계곡에 비석 하나로 남은 '자야'를 만나는 애틋함과 쓸쓸함 때문이다. 백석의 연인, 나타샤, 자야 김영한.

1936년 백석 시인은 함흥 영생고보 교사로 부임했다. 그해 초 첫 시집 〈사슴〉이 발간되었고, 향토성 짙은 언어로 지난 시절을 신화의 세계로 그렸으나 매우 현대적인 시어 감각을 구사한다는 좋은 평가를 받았다. 그는 매우 독특한 시를 쓰는 인기 작가였으나, 시보다 외모가 그를 더 유명하게 만들었다. 그는 모던 보이, 당대 멋쟁이 미남의 표본이었다. 시집 발간 이후 여성 문인들 사이에서 '사슴 군'이란 별명으로 불렸고, 종로구 체부동 지금 내가 사는 곳 윗 골목에 살던 노천명 시인이 〈사슴〉의 모델로 삼았다는 이야기도 있다. 학교에 부임하던 날 감색 정장에 말끔한 검정 구두를 신고 머리를 완전히 뒤로 빗어 넘긴 그가 교정에 들어서는 모습을 전교생이 창가에 매달려 바라보았다고 한다.

그는 동료 교사들과 요릿집 함흥관에 가서 술을 마시다 그곳에서 일하던 '진향'을 만났다. 그녀의 본명은 김영한. 금광을

한다는 친척에게 속아 기생이 되었다고 한다. 그들은 그 하룻
밤 술자리에서 연을 맺었고, 다음날부터 매일 밤을 함께했다.
어느 날 진향이 함흥 시내 서점에 갔다가 한시 선집을 사 왔는
데, 백석이 그 책을 뒤적이다 이백이 지은 〈자야오가〉를 펼쳐
보이며 그녀에게 '자야'라는 이름을 붙여 주었다. 중국 동진의
자야라는 여인이 병역을 살러 간 남편을 기다리며 노래를 지었
는데, 후세 많은 시인들이 그녀를 기리며 시를 지었다. 떠나간
연인을 그리워하며 노래를 짓던 그 이름 자야는 백석의 시 〈나
와 나타샤와 흰 당나귀〉의 나타샤의 다른 이름으로 기억되기
도 한다.

　　백석은 〈가재미·나귀〉라는 산문에 "이 골목을 나는 나귀
를 타고 일없이 왔다 갔다 하고 싶다. 또 여기서 한 오리 되는
학교까지 나귀를 타고 다니고 싶다." 라고 썼는데, 백석의 상상
속에서 나귀는 낭만적인 동화의 세계, 시의 세계로 그를 실어
날라주는 매개였던 것 같다.


　　가난한 내가

　　아름다운 나타샤를 사랑해서

　　오늘밤은 푹푹 눈이 나린다

나타샤를 사랑은 하고

눈은 푹푹 날리고

나는 혼자 쓸쓸히 앉어 소주를 마신다

소주를 마시며 생각한다


나타샤와 나는

눈이 푹푹 쌓이는 밤 흰 당나귀 타고

산골로 가자 출출이 우는 깊은 산골로 가 마가리에 살자


눈은 푹푹 나리고

나는 나타샤를 생각하고

나타샤가 아니 올 리 없다

언제 벌써 내 속에 고조곤히 와 이야기한다

산골로 가는 것은 세상한테 지는 것이 아니다

세상 같은 건 더러워 버리는 것이다


눈은 푹푹 나리고

아름다운 나타샤는 나를 사랑하고

어데서 흰 당나귀도 오늘밤이 좋아서 응앙응앙 울을 것이다

- 백석, 〈나와 나타샤와 흰 당나귀〉

흰 눈이 푹푹 쌓인 밤 그는 나타샤와 나귀를 타고 산골로 가겠다고 생각한다. 그 밤이 오기까지 일부러 기다릴 필요는 없다. 내가 아름다운 나타샤를 사랑하는 것만으로 오늘밤 푹푹 눈이 내리기 때문이다. 눈 오는 밤 그들은 나귀를 타고 세상 밖으로 떠나갈 것이다.

그러나 이듬해 1937년 백석은 기차를 타고 아버지 세상으로 돌아간다. 경성에서 결혼식을 올렸던 것이다. 얼마 뒤 부인을 집에 두고 함흥으로 돌아와 자야와의 생활을 이어가지만, 그 사실을 알게 된 자야는 자신의 기생 신분이 백석과의 미래에 걸림돌이 될 거라 생각해 몰래 경성으로 도망친다. 그러나 그녀가 자리 잡은 곳은 백석의 주 무대인 종로, 청진동. 그들이 재회하는 건 백석의 의지 문제였다. 그녀가 은연중 재회를 의도한 것일 수도 있겠다. 백석은 친구들에게 수소문해 그녀의 집을 알아낸다. 짧은 재회. 그리고 함흥으로 돌아가며 그녀에게 〈나와 나타샤와 흰 당나귀〉라는 제목의 시를 건넨다. 1939년 서울로 돌아온 백석은 청진동에서 자야와 함께 살며 잡지사 주임으로 일한다. 그러나 백석의 부모는 두 번째 결혼을 예비해 두었고, 그는 뚝섬 어딘가의 아버지 집에서 착실하게 결혼식을 올리고 며칠 뒤 자야에게 돌아온다. 백석은 자야에게 '마가리',

세상 밖 저 멀리 오막살이 같은 만주에 가자고 한다. 그는 도망 가고 싶었다. 하지만 그녀는 거절한다. 백석은 홀로 만주로 떠났다. 1939년의 해가 저물던 어느 날, 그들의 살아 있는 동안 마지막 마주침이었다.

한국전쟁이 일어나고 자야는 부산으로 피난을 가서 요릿집을 경영하며 대학 공부를 마쳤다. 전쟁이 끝나자 서울로 돌아와 성북동 계곡의 한 음식점을 사들여 대원각이라는 요정을 여는데, 삼청각, 청운각과 함께 '북한산 3각'이라고도 불리기도 했고, 삼청각, 오진암과 '3대 요정'으로 불리기도 했다. 1970년대, 80년대 군부 정권의 밀실 정치가 행해지던 곳이었다. 1995년 자야는 대원각의 7천 평 부지와 40여 채 건물을 법정 스님에게 시주한다. 법정 스님의 〈무소유〉에 큰 감화를 입었기 때문이라고 한다. 대원각은 법정스님이 주지로 있던 순천 송광사의 말사인 대법사로 조계종에 등록되었다가 1997년 12월 14일 길상사로 다시 창건된다. 자야는 법정 스님에게 길상화라는 새로운 이름을 받고, 길상사 경내 길상헌에 살다가 1999년 11월 14일 눈이 많이 내리는 날 길상헌 뒤에 뿌려 달라는 마지막 말을 남기고 눈을 감는다. 그해 첫눈이 오던 날 길상사 계곡이 끼고 도는 작은 뜰에 그녀의 뼈 한줌이 뿌려졌다.

1948년 〈남신의주 유동 박시봉방〉 이후 시를 발표하지 않던 백석은 평양에 거주하며 아동문학과 러시아문학 번역으로 문단의 활동을 이어갔으나 그가 쓴 동시들이 정치적 사상성이 결여되었다는 비판을 받게 된다. 여러 차례 반박했으나 결국 자아비판을 하게 되고, 급기야 48세 되던 1959년, 조선 시대 처절한 유배지로 불리던 삼수갑산, 그 삼수로 쫓겨났다. 그는 1996년 사망할 때까지 평생 그곳을 떠나지 못했다. 시마저 잃고 산 삼수갑산이었다.

어쩌면 내가 만들어 온 것들, 살아 온 과정 전부가 다시 하나씩 잃어가기 위한 과정일지도 모른다. 상실, 쓸쓸함. 이것이 인간의 마지막 참모습 아닐까 싶다. 상처를 붙들고 홀로 방안에 앉아 하얀 벽을 바라보며 백석 시인은 잃어버린 것들을 반추한다.

오늘 저녁 이 좁다란 방의 흰 바람벽에
어쩐지 쓸쓸한 것만이 오고 간다
(…)
이 흰 바람벽에
내 가난한 늙은 어머니가 있다
내 가난한 늙은 어머니가

이렇게 시퍼러둥둥하니 추운 날인데 차디찬 물에 손은 담

그고 무이며 배추를 씻고 있다

또 내 사랑하는 사람이 있다

내 사랑하는 어여쁜 사람이

어느 먼 앞대 조용한 개포가의 나즈막한 집에서

그의 지아비와 마주 앉아 대구국을 끓여 놓고 저녁을 먹는다

(…)

이 흰 바람벽엔

내 쓸쓸한 얼굴을 쳐다보며

이러한 글자들이 지나간다

나는 이 세상에서 가난하고 외롭고 높고 쓸쓸하니 살아가

도록 태어났다

그리고 이 세상을 살아가는데

내 가슴은 너무도 많이 뜨거운 것으로 호젓한 것으로 사랑

으로 슬픔으로 가득 찬다

- 백석, 〈흰 바람 벽이 있어〉 일부


옳고 그름은 사랑에 별로 문제가 되지 않는다. 살아가는

데 행복은 별로 문제가 되지 않을지 모른다, 어쩌면. 이미 다

지나온 감정, 지난봄 화사하던 꽃들. 세상은 내게 관여하지 않

으며, 나는 세상에서 떨어져 나왔다. 그럼으로써 나는 온전하게 내 삶 안에서 살아 숨 쉰다. 나는 정말로 잃기 위한 삶을 두려워하는 것일까? 이제라도 다시 잃음에 나를 내던져야 하는 게 아닐까? 그럼으로써 생겨난 일상의 균열이 나의 또 다른 미래를 만들어 주지는 않을까?

신일수도, 도일수도 있는 거대한 가치들이 내가 살아가는 동안 나를 이끌어 줄 수도 있다. 모든 의미와 가치는 살아 있는 사람들이 삶을 이어가기 위해 붙든 의지인 까닭에, 나도 뭐든 하나 붙들고 의지하며 살아가고 싶다. 그러나 얻거나 잃거나, 얻으려 하거나 잃으려 하거나 결국 모두가 잃어가는 과정이다. 그렇더라도 실망해선 안 된다. 허망해져서는 안 된다. 생명의 목적은 사라진 이후의 유명이 아니라 살아 있는 순간의 연속되는 허명에 있을지 모른다. 내가 모든 순간을 얻고, 내가 모든 순간을 놓는다. 얻거나 놓거나, 그 주체는 나의 행위지만, 그 행위의 이름을 나는 모른다. 누군가 이름 붙이고 호명할 수도 있지만, 그 이름 내겐 허명이다. 허명과 허명을 옮겨 디디며 내 삶 안으로 들어간다. 나는 오로지 나 사는 일로 충만하고 싶다. 그러나 그 또한 잃어가는 과정이란 걸 모르지 않는다. 잃음을 추구하는 사람 잃음과 같아질 테니, 나는 아무것도 잃지 않고 살아가게 될지 모른다. 내 자신 어떤 것도 이루지 않고, 어디에도 머물지 않고, 어떤 이름에도 속박되지 않고, 잃음과 같아지려 한다. 잃음 또한 나를 즐겨 얻길 기다린다. 어쩌면 가능한 일일지 모른다.

노자가 사는 집